DU MÊME AUTEUR

Aux Éditions Gallimard

MON MICHAËL
UN JUSTE REPOS
TOUCHER L'EAU, TOUCHER LE VENT
LA BOÎTE NOIRE
SEULE LA MER
AIDEZ-NOUS À DIVORCER !
LES DEUX MORTS DE MA GRAND-MÈRE
UNE HISTOIRE D'AMOUR ET DE TÉNÈBRES
UNE PANTHÈRE DANS LA CAVE
AILLEURS PEUT-ÊTRE
COMMENT GUÉRIR UN FANATIQUE
VIE ET MORT EN QUATRE RIMES
SCÈNES DE VIE VILLAGEOISE

Aux Éditions Gallimard Jeunesse

SOUDAIN DANS LA FORÊT PROFONDE (Édition illustrée)

Aux Éditions Calmann-Lévy

JUSQU'À LA MORT
LA COLLINE DU MAUVAIS CONSEIL
CONNAÎTRE UNE FEMME
L'HISTOIRE COMMENCE

Du monde entier

AMOS OZ

ENTRE AMIS

nouvelles

Traduit de l'hébreu
par Sylvie Cohen

GALLIMARD

Titre original :

בין חברים

BEYIN KHAVERIM

Le roi de Norvège

Chez nous au kibboutz Yikhat vivait un homme, Tsvi Provizor, un célibataire de petite taille, dans les cinquante-cinq ans, à la paupière agitée de tics. C'était un oiseau de mauvais augure n'ayant à la bouche que tremblements de terre, catastrophes aériennes, habitants ensevelis sous les décombres d'immeubles en ruine, incendies, inondations… Il lisait le journal de bon matin et ne manquait pas un seul bulletin d'information, histoire de nous glacer le sang pendant le petit déjeuner, au réfectoire, avec deux cent cinquante mineurs chinois piégés sous terre, ou six cents passagers victimes du naufrage d'un ferry à la suite d'une tempête dans la mer des Caraïbes. Il n'y avait pas un faire-part de décès qu'il ne connût par cœur et il était le premier informé de la mort des célébrités.

Un matin, il m'arrêta dans l'allée menant à l'infirmerie.

— As-tu entendu parler d'un certain Wislawski ? Un écrivain ?

— Oui, pourquoi ?

— Il nous a quittés.

— Tu m'en vois désolé.

— Les romanciers meurent aussi.

Un jour, il me harponna alors que j'étais de service au réfectoire.

— Je viens d'apprendre le décès de ton grand-père.

— Oui.

— Et il y a trois ans, c'était ton autre grand-père.

— Oui.

— Donc celui-ci était le dernier qui te restait.

Tsvi Provizor était le jardinier du kibboutz. Il travaillait en solo. Il se levait à cinq heures du matin pour déplacer les tourniquets, bêcher les plates-bandes, planter, élaguer, arroser, couper le gazon avec sa tondeuse qui nous cassait les oreilles, traiter les plantes contre les insectes, répandre des engrais chimiques et organiques…

Nous le fuyions comme la peste. On évitait de s'asseoir à côté de lui pendant les repas. À la tombée de la nuit, l'été, il s'installait sur le banc vert au bout de la grande pelouse devant la salle à manger pour observer les enfants s'ébattre dans l'herbe. La brise du soir s'infiltrant sous sa chemise rafraîchissait sa peau en sueur, tandis qu'une lune rousse se levait au-dessus des grands cyprès. Un jour, Tsvi Provizor apostropha une femme, Luna Blank, assise sur le banc voisin — âgée d'environ quarante-cinq ans, elle était veuve et exerçait le métier d'enseignante.

— Un orphelinat a brûlé en Espagne, tu sais ? fit-il d'une voix lugubre. Quatre-vingts enfants ont succombé, asphyxiés par la fumée.

— C'est horrible ! fit-elle en s'essuyant le front avec son mouchoir.

— Il n'y a que trois rescapés dans un état critique.

Son dévouement au travail lui attirait le respect de nous tous : en vingt-deux années passées au kibboutz, il n'avait pas pris un seul jour d'arrêt maladie. Grâce à lui, chaque pouce de terrain croulait sous les fleurs, en fonction des saisons. Ici, il avait aménagé une rocaille plantée de différentes espèces de cactus, là, une tonnelle de vigne, ou encore un bassin avec un jet d'eau, des poissons rouges et des plantes aquatiques. Chacun s'accordait à dire qu'il avait un sens de l'esthétique admirable.

Dans son dos, on l'appelait l'Ange de la mort et on murmurait qu'il n'éprouvait aucun intérêt pour les femmes, ni pour les hommes d'ailleurs. Le jeune Roni Shindlin nous faisait hurler de rire quand il l'imitait. L'après-midi, pendant que les familles se réunissaient sous la véranda ou au jardin devant leurs maisons pour boire du café et jouer avec les enfants, Tsvi s'en allait lire les journaux dans la salle commune en compagnie de cinq ou six ours solitaires comme lui — papivores invétérés, ratiocineurs, célibataires endurcis, veufs ou divorcés. Reouvkeh Roth, un petit bonhomme déplumé aux oreilles de chauve-souris, marmonnait dans son coin que les raids de représailles provoqueraient une escalade de la violence, car la vengeance poussait à la vengeance et la rétorsion entraînait la rétorsion. Les autres lui tombaient dessus à bras raccourcis : « Qu'est-ce que tu racontes ? On ne peut pas s'écraser. La retenue et la conciliation ne feront que décupler l'arrogance des Arabes. »

— Ce sera la guerre, une guerre terrible, affirmait Tsvi Provizor, ses yeux papillotant à qui mieux mieux.

Emmanuel Glouzman en bégayait d'excitation :

— La gue-gue-guerre. C'est tr-tr-très bien. On v-v-va les ba-ba-battre à p-p-plate cou-cou-ture et oc-oc-occuper leurs ter-res ju-ju-jusqu'au Jou-jou-jourdain.

Reouvkeh réfléchissait à haute voix :

— Ben Gourion est très calé aux échecs. Il a toujours au moins cinq coups d'avance. Le problème, c'est qu'il ne connaît que la force.

— Si on perd, les Arabes nous massacreront jusqu'au dernier, et si on gagne, les Russes nous feront sauter, prophétisait sombrement Tsvi Provizor.

— Ça su-su-suffit, ca-ca-camarades, tai-tai-taisez-vous, j'ai-j'ai-j'aimerais li-li-lire mon jour-jour-journal en p-p-paix, priait Emmanuel Glouzman.

— Écoutez ça, reprenait Tsvi après un silence. Il paraît que le roi de Norvège a un cancer du foie. Le président de notre conseil régional en souffre lui aussi.

— Alors, ô Ange de la mort, y a-t-il eu un accident d'avion aujourd'hui ? l'interpellait Roni Shindlin, le trublion de service, quand il le croisait chez le cordonnier ou devant la lingerie.

Tsvi Provizor et Luna Blank avaient pris l'habitude de bavarder à la tombée du soir. Tsvi s'asseyait sur l'extrême bord droit du banc de gauche devant la pelouse, et Luna s'installait près de lui, à gauche du banc de droite. Il parlait en cillant des paupières, tandis que, dans sa jolie robe d'été à bretelles, elle triturait nerveusement son mouchoir entre ses doigts. Elle le félicitait pour la beauté des jardins, l'œuvre de ses mains : grâce à lui, ils vivaient entourés de gazon verdoyant au milieu de vergers en fleurs et de somptueux parterres. Luna s'exprimait avec une certaine préciosité. Elle enseignait en cours élémentaire deuxième année et réalisait de délicats croquis au crayon qui ornaient les murs de nos modestes appartements. Elle avait un visage rond et souriant, de longs cils, mais le cou légèrement fripé, des jambes fluettes et presque pas de poitrine. Son mari était mort quelques années auparavant au cours de sa période de réserve à la frontière de Gaza ; ils n'avaient pas eu d'enfant. Chez nous, au kibboutz, on la considérait comme une femme exceptionnelle qui avait réussi à surmonter cette épreuve pour se dévouer corps et âme à son métier. Pendant que Tsvi l'entretenait des différentes variétés de roses, elle buvait ses paroles en hochant vigoureusement la tête. Il lui décrivit en détail les terribles dégâts provoqués par une invasion de criquets au Soudan.

— Tu es très sensible, affirma Luna.

Tsvi cilla.

— Comme si la sécheresse n'était pas assez dévastatrice dans ce pays, enchaîna-t-il.

— Pourquoi veux-tu porter tout le malheur du monde sur tes épaules ?

— Ignorer la dureté de l'existence est à mon sens aussi stupide que sacrilège. Nous ne pouvons peut-être rien y faire, mais ce n'est pas une raison pour ne pas en parler.

Un soir d'été, elle l'invita à boire un café glacé chez elle. En arrivant — il avait troqué ses vêtements de travail pour une chemisette bleu clair et un pantalon kaki —, il s'excusa le temps d'écouter le bulletin de vingt heures au transistor suspendu à sa ceinture. Plusieurs esquisses au crayon sobrement encadrées décoraient les murs : jeunes filles rêveuses ou paysages de collines rocailleuses plantées d'oliviers. Un grand lit recouvert d'une courtepointe garnie de coussins à motifs orientaux se trouvait sous la fenêtre. Des livres étaient rangés par ordre de taille sur une étagère peinte en blanc : des albums d'art consacrés à Van Gogh, Cézanne et Gauguin, la Bible commentée par Cassuto en plusieurs volumes et, pour finir, une série de romans publiés par Hasifria La'am. Une petite table ronde flanquée de deux fauteuils tout simples trônait au centre de la pièce. Un service à café et une assiette de biscuits étaient posés sur la nappe brodée.

— C'est très joli chez toi, apprécia Tsvi. Propre et net.

— Merci, je suis très heureuse, dit Luna.

Il n'y avait aucune joie dans sa voix, tendue et mal assurée.

Ils sirotèrent leur café et grignotèrent des gâteaux en discutant des arbres ornementaux et fruitiers, des problèmes de discipline à l'école en ces temps de permissivité, de la migration des oiseaux.

Tsvi cligna des yeux.

— À Hiroshima, il n'y a toujours pas d'oiseaux dix ans après la bombe, je l'ai lu dans le journal.

— Tu portes tout le malheur du monde sur tes épaules, répéta Luna. Avant-hier, j'ai aperçu une huppe sur une branche basse, devant ma fenêtre.

Ils se retrouvaient en début de soirée et bavardaient sur un banc du parc, à l'ombre d'un grand bougainvillier, ou autour d'un café, chez Luna. En rentrant du travail vers quatre heures de l'après-midi, Tsvi se douchait, il se peignait devant la glace, enfilait un pantalon kaki parfaitement repassé avec une chemise bleu clair et partait retrouver Luna. Parfois, il lui apportait des semis de fleurs pour son petit jardin. Un jour, il lui offrit un recueil de poèmes de Yaakov Fichman. De son côté, elle lui donna un sachet de biscuits au pavot et un dessin représentant deux cyprès et un banc. Ils se séparaient vers vingt heures, vingt heures trente. Tsvi regagnait sa cellule monacale où régnait en permanence l'odeur rance du célibataire. Roni Shindlin le pitre proclama au réfectoire que l'Ange de la mort avait étendu ses ailes sur la Veuve noire.

« Alors, on a trouvé chaussure à son pied ? » ironisa affectueusement Reouvkeh dans la salle de lecture, un peu plus tard dans l'après-midi.

Tsvi et Luna se moquaient des ragots et des sarcasmes. Les liens qui les unissaient semblaient se resserrer chaque jour davantage. À ses heures de loisir, lui confia-t-il, il s'enfermait chez lui pour traduire en hébreu un roman d'Iwaszkiewicz, l'illustre écrivain polonais. Un ouvrage plein de tendresse et de souffrances. D'après l'auteur, la condition humaine était absurde, mais n'en était pas moins pathétique. Luna l'écoutait, la tête légèrement penchée, les lèvres entrouvertes. Elle remplissait sa tasse vide, comme si elle lui offrait la consolation que semblait réclamer son discours, ou que le breuvage brûlant eût le pouvoir d'apaiser la détresse d'Iwaszkiewicz et la sienne à la fois. Leur relation lui était précieuse et comblait le vide de sa vie étriquée. Une nuit, elle rêva qu'ils galopaient sur le même cheval — ses seins pressés contre son dos, les bras passés autour de sa taille — dans une vallée cernée de hautes montagnes et traversée par un torrent impétueux. Elle s'abstint de lui en parler, alors que, d'habitude, elle n'hésitait pas à lui raconter ses rêves par le menu. De son côté, Tsvi lui avoua avec force clignements d'yeux que dans sa jeunesse à Janów, en Pologne, il espérait entreprendre des études auxquelles il avait renoncé pour adhérer au mouvement de jeunesse pionnière juive. Ce qui ne l'empêchait pas de se plonger dans les livres dès qu'il le pouvait.

Luna ramassa avec soin des miettes de gâteau sur la nappe.

— Tu étais très timide avant. Tu l'es toujours un peu, d'ailleurs.

— Tu ne me connais pas vraiment.

— Raconte. Je t'écoute.

— J'ai entendu tout à l'heure à la radio qu'un volcan s'est réveillé au Chili. Quatre villages ont été totalement dévastés par la lave. La plupart des habitants n'ont pas eu le temps de fuir.

Un soir, alors qu'il dissertait longuement de la famine en Somalie, il lui inspira une telle pitié qu'elle lui saisit la main et la posa sur son sein. Tsvi tressaillit et s'écarta d'un mouvement brusque, presque violent, en battant furieusement des paupières. Il prenait soin de garder ses distances et se raidissait au moindre contact fortuit. Il aimait sentir la terre friable entre ses doigts, la douceur des jeunes pousses, mais la proximité d'autrui, hommes ou femmes, le faisait se rétracter comme sous l'effet d'une brûlure. Il évitait les poignées de main, les bourrades dans le dos, les frôlements accidentels au réfectoire. Peu après, il se leva et prit congé. Il ne revint pas le lendemain, craignant sans doute que leur relation les conduise au désastre, situation qui lui répugnait et qu'il redoutait. Luna ne comprenait pas mais, avec son tact habituel, elle pressentit qu'elle avait dû le vexer d'une manière ou d'une autre. Elle décida de lui demander pardon sans trop savoir pourquoi. Lui aurait-elle posé une question incongrue ? Ou n'aurait-elle pas saisi une allusion cachée entre les lignes ?

Deux jours plus tard, elle glissa sous sa porte en son absence un message rédigé de sa belle écriture ronde :

« *Désolée si je t'ai blessé. Accepterais-tu d'en parler ?* »

« *J'aime mieux pas*, répondit Tsvi par le même biais. *Ça finira mal.* »

Elle l'attendit au pied du margousier devant le réfectoire, après le dîner :

— Tu pourrais me dire ce que j'ai fait ?

— Rien.

— Pour quelle raison me fuis-tu, alors ?

— Tâche de comprendre… ça ne nous mènera à rien.

Ils cessèrent de se voir. Lorsqu'ils se croisaient dans l'allée, ou à la petite épicerie, ils se saluaient de la tête, marquaient une légère hésitation et repartaient chacun de son côté.

— Tous aux abris, maintenant que l'Ange de la mort

a interrompu sa lune de miel, déclara Roni Shindlin à ses commensaux pendant le déjeuner.

En effet, Tsvi avisa les célibataires amateurs de journaux dans la salle commune qu'un grand pont s'était effondré en Turquie en pleine heure de pointe.

Deux ou trois mois après, il n'échappa à personne que Luna Blank n'assistait plus au club de musique classique et avait même séché plusieurs réunions de professeurs. Elle se teignait les cheveux en roux cuivré, la bouche fardée d'un rouge éclatant. Il lui arrivait même de sauter le dîner. Elle profita des vacances de Souccot pour passer quelques jours en ville d'où elle revint vêtue d'une robe largement échancrée sur le côté, un peu trop provocante à notre goût. Au début de l'automne, on la vit à plusieurs reprises assise sur le banc devant la pelouse en compagnie de l'entraîneur de basket-ball de dix ans son cadet qui effectuait deux fois par semaine le trajet de Netanya au kibboutz. Elle devait probablement apprendre à dribbler la nuit, persifla Roni Shindlin. Deux ou trois semaines plus tard, elle avait plaqué l'entraîneur de basket pour le commandant de l'unité Nahal basée au kibboutz, un jeune officier de vingt-deux ans. Impossible de passer outre, de sorte que le comité éducatif se réunit discrètement pour discuter des retombées pédagogiques. Chaque soir, Tsvi Provizor s'installait seul sur le banc à côté de la fontaine qu'il avait construite de ses propres mains où, immobile comme une statue, il regardait les enfants jouer sur la pelouse. Si passant par là vous lui souhaitiez le bonsoir, il vous parlait avec tristesse des inondations dans le sud-est de la Chine.

Au début de l'hiver, sans même demander l'autorisation du secrétaire, Luna Blank partit à l'improviste aux États-Unis rendre visite à sa sœur qui lui avait envoyé un billet. Un matin, on la vit dans sa robe suggestive à l'arrêt du bus avec une grosse valise, un foulard multicolore autour du cou, perchée sur de hauts talons. « Son déguisement d'Hollywood », railla Roni Shindlin. Le secrétariat décida de la renvoyer temporairement en attendant d'avoir de plus amples informations. « La Veuve noire fuit l'Ange de la mort », proféra Roni Shindlin à table.

En attendant, la chambre de Luna Blank demeura fermée et obscure, même si plusieurs membres du comité de logement la convoitaient en raison de la pénurie. Tsvi Provizor veillait à arroser et sarcler le philodendron, les géraniums et les cactus qui ornaient la véranda.

Vint l'hiver. Des nuages bas s'amoncelaient au-dessus de la cime des arbres, tandis que les champs et les vergers gorgés de boue condamnaient les ouvriers agricoles et les cueilleurs de fruits à s'employer à l'usine. Des rideaux de pluie grise tombaient sans discontinuer. La nuit, les gouttières débordaient bruyamment et un vent glacé s'infiltrait par les persiennes. Tsvi Provizor veillait invariablement jusqu'à vingt-deux heures trente pour écouter tous les bulletins à la radio. Dans les intervalles, assis devant sa table monacale éclairée par une lampe flexible, il traduisait en hébreu quelques pages du roman tourmenté d'Iwaszkiewicz. Le dessin représentant deux cyprès et un banc offert par Luna était toujours placé au-dessus du lit. Les arbres semblaient mélancoliques près du banc inoccupé. À vingt-deux heures trente, il enfilait un vêtement et sortait contempler les nuages et les allées vides, luisantes de pluie sous le halo jaune des lampadaires. Entre deux averses, il s'offrait une petite promenade nocturne pour aller voir les plantes de Luna. Les feuilles mortes envahissaient les marches du perron, et il croyait déceler un léger parfum de savon ou de shampoing à travers la porte close. Il arpentait les sentiers déserts un petit moment — des gouttes de pluie dégoulinaient des branches sur sa tête nue — avant de rentrer chez lui écouter dans le noir, les paupières clignotantes, le dernier bulletin de la soirée. Un matin, à l'aube, quand l'obscurité glacée pétrifiait encore le monde, il héla un vacher levé de bonne heure pour traire ses bêtes.

« Le roi de Norvège est mort la nuit dernière, déclara-t-il sombrement. D'un cancer du foie. »

Deux femmes

Avant le lever du jour, à cinq heures du matin, le roucoulement des pigeons dans les massifs s'infiltre par la fenêtre ouverte. Les sons rauques et monotones ont le don de l'apaiser. Une brise légère agite le sommet des pins, un coq chante sur le versant de la colline. Au loin, un chien aboie, un autre lui répond. Ces bruits tirent Osnat du sommeil avant la sonnerie du réveil. Elle se lève, arrête l'appareil, se douche et revêt sa tenue de travail. À cinq heures et demie, elle se rend à la lingerie du kibboutz où elle travaille. Chemin faisant, elle passe devant l'appartement de Boaz et Ariella plongé dans l'obscurité, les volets clos. Ils doivent dormir encore, songe-t-elle sans jalousie ni chagrin mais avec un vague étonnement, comme si ce qui s'était produit était arrivé à quelqu'un d'autre qu'elle des années auparavant et non il y a deux mois à peine.

Parvenue à la lingerie, elle allume l'électricité dans la clarté blafarde de l'aube. Après quoi, elle s'attaque à la pile qui l'attend et entreprend de séparer le blanc, les couleurs, le coton et le synthétique. Des relents de sueur aigre collent aux vêtements, se mêlant aux odeurs de lessive. Osnat s'active avec un transistor pour seule compagnie, même si le vacarme des lave-linge étouffe souvent les propos ou la musique. À la fin du cycle, à sept heures et demie, elle vide les machines et les remplit à nouveau avant d'aller prendre le petit déjeuner au réfectoire. Elle marche lentement, à croire qu'elle n'est pas sûre de sa destination ou qu'elle s'en moque. Chez nous, Osnat a la réputation d'être de tempérament très flegmatique.

Il entretenait une relation avec Ariella Barash depuis huit mois et était parvenu à la conclusion qu'il ne voulait plus vivre dans le mensonge, avait annoncé Boaz à Osnat au début de l'été. Il avait donc décidé de la quitter pour emménager avec Ariella. « Tu n'es plus une petite fille, Osnat. Tu sais que ces choses-là arrivent partout dans le monde et dans notre kibboutz aussi. Heureusement que nous n'avons pas d'enfant, sinon cela aurait été beaucoup plus pénible pour nous deux. » Il emporterait sa bicyclette, mais lui laisserait la radio. Il voulait qu'ils se séparent en bons termes, comme ils avaient vécu pendant toutes ces années. Il comprendrait très bien qu'elle lui en veuille, même si elle n'avait aucune raison. Au fond, il n'avait pas noué une liaison avec Ariella pour lui faire du mal. Ces choses-là arrivaient, voilà tout. Quoi qu'il en soit, il était désolé. Il déménagerait ses affaires dans la journée et, en plus de la radio, il lui laisserait le reste — les albums, les coussins brodés, y compris le service à café, cadeau de mariage.

— Oui, d'accord, avait dit Osnat.

— Oui, quoi ?

— Va-t'en. Allez, file ! avait-elle ajouté.

Ariella Barash était divorcée, grande et mince, avec un cou délicat encadré par une crinière ondulée et des yeux rieurs, dont l'un était affecté d'un léger strabisme. Elle travaillait au poulailler et au secrétariat du comité culturel du kibboutz — elle organisait les fêtes, les cérémonies, les mariages, invitait des conférenciers pour le vendredi soir et commandait les films projetés au réfectoire, le mercredi après dîner. Elle avait un cheveu sur la langue, comme une petite fille, et possédait un vieux chat et un jeune chien, presque encore un chiot, qui faisaient bon ménage dans l'appartement. Le chien avait un peu peur du chat et s'effaçait poliment devant lui. Quant au vieux matou, il ne lui prêtait aucune attention, à croire que l'autre était invisible. Quoi qu'il en soit, tous deux passaient le plus clair de leur temps à somnoler, le chat sur le canapé et le chien sur le tapis, dans une mutuelle indifférence. Ariella avait été mariée durant un an avec un officier de carrière, Ephraïm, qui l'avait quittée pour une jeune soldate. Sa relation avec Boaz débuta le jour où il était passé la voir après le travail en marcel trempé de sueur, maculé de cambouis. Elle l'avait prié de venir réparer un robinet qui fuyait. Il portait une grosse ceinture de cuir ornée d'une large boucle. Elle caressa son dos brûlé par le soleil alors qu'il se penchait sur le lavabo, si bien qu'il finit par se retourner sans lâcher son tournevis et sa clé à molette. Par la suite, il avait beau se faufiler en douce chez elle pour une demi-heure ou une heure, ses visites ne passaient pas inaperçues et tout le kibboutz en faisait des gorges chaudes. Drôle de couple, disait-on, un grand taciturne et une sacrée pipelette. « Le miel a mangé l'ours », se gaussa Roni Shindlin, notre bouffon national. Personne n'informa Osnat, mais ses amies redoublèrent d'affection, usant de tous les moyens pour lui faire comprendre qu'elle n'était pas seule si elle avait besoin de quelque chose, n'importe quoi, etc. Par la suite, Boaz fourra ses affaires dans les sacoches de son vélo et s'installa chez Ariella. L'après-midi, il rentrait du garage où il travaillait, se déshabillait et prenait une douche.

— Alors, quoi de neuf? lançait-il invariablement à la porte de la salle de bains.

— Rien, qu'espérais-tu? répliquait Ariella d'un ton surpris. Douche-toi vite pendant que je prépare le café.

Ariella trouva un mot rédigé de l'écriture arrondie et placide d'Osnat dans sa boîte aux lettres, la dernière à gauche dans la rangée du bas à l'entrée du réfectoire :

« Boaz oublie systématiquement ses médicaments contre l'hypertension. Il doit les prendre le matin et le soir avant le coucher, en plus d'un demi-comprimé contre le cholestérol, le matin également. Il suit un régime : ni poivre ni sel, fromage maigre, pas de viande rouge. En revanche, il peut consommer à volonté du poisson et de la viande blanche à condition de bannir les épices. Il lui faut éviter les sucreries. P.-S. : Et boire moins de café si possible. »

De son écriture anguleuse et énergique, Ariella Barash rédigea un message qu'elle déposa dans le casier d'Osnat :

« Merci, c'est très généreux de ta part. Boaz souffre aussi d'aigreurs d'estomac qu'il traite par le mépris. Je vais tâcher de faire tout ce que tu as dit, mais ça ne sera pas facile. Tu sais très bien qu'il se fiche de sa santé, comme d'un tas d'autres choses d'ailleurs. Ariella B. »

Réponse d'Osnat :

« Si tu l'empêches de manger des plats frits, acides ou épicés, il n'aura pas de brûlures d'estomac. »

« Qu'avons-nous fait? Je me pose souvent la question, répliqua Ariella quelques jours plus tard. Il ne montre pas ses sentiments et les miens sont confus. Il aime bien mon chien, mais pas le chat. "Alors, quoi de neuf?" demande-t-il invariablement en rentrant du garage l'après-midi. Après, il se douche, boit son café et s'installe dans mon fauteuil avec le journal. J'ai essayé de remplacer le café par du thé, il s'est fâché en me disant que je n'étais pas sa mère. Ensuite, il s'endort dans le fauteuil, le journal glisse par terre et il se réveille à dix-neuf heures pour écouter le bulletin à la radio. Pendant ce temps, il cajole le chien en lui murmurant des mots doux, mais si le chat grimpe sur ses genoux pour quémander une caresse, il le chasse avec violence et dégoût, ça me hérisse. Quand je l'ai prié de réparer un tiroir, il en a profité pour démonter et remonter les portes de l'armoire qui grinçaient et m'a demandé avec un petit rire si je souhaitais qu'il rafistole aussi le parquet ou le toit. Je ne sais pas ce qui m'a séduite chez lui ni ce qui m'attire encore parfois, je n'ai pas de réponse claire à ce sujet. Après la douche, il a encore les ongles noirs de cambouis, les mains calleuses et écorchées. Et il lui reste toujours quelques poils au menton quand il vient de se raser. C'est peut-être parce qu'il a toujours l'air à demi assoupi — même quand il ne dort pas — que l'envie me démange de le secouer. J'y parviens pour un petit moment, tu sais de quelle façon, mais pas toujours. Je pense sans arrêt à toi, Osnat, j'ai honte et je me demande si tu pourras jamais me pardonner ce que je t'ai fait. Quelquefois, je me dis que cela t'est peut-être égal, que tu ne l'aimais pas vraiment. Je l'ignore. Aurais-je pu agir autrement ? Avions-nous le choix ? L'attirance entre un homme et une femme me paraît étrange, un peu grotesque. Qu'en penses-tu ? Cela aurait été bien plus douloureux si vous aviez eu des enfants. Et lui ? Qu'éprouve-t-il exactement ? Comment savoir ? Tu es incollable sur ce qu'il doit ou ne doit pas manger, mais ses sentiments ? À moins qu'il ne ressente rien du tout. Un jour, je lui ai demandé s'il avait des regrets, il a marmonné quelques mots incompréhensibles avant d'ajouter : "Tu vois bien que je suis ici, avec toi, et pas avec elle." Je veux te dire, Osnat, que presque chaque nuit pendant qu'il dort, couchée dans la chambre éclairée par un rayon de lune filtrant à travers les rideaux, je me demande ce que j'aurais fait à ta place. J'envie ton calme. Si seulement il pouvait déteindre un petit peu sur moi. Il m'arrive de me relever et me rhabiller en pleine nuit pour venir te voir et tout t'expliquer, mais que pourrais-je te dire ? Je reste plantée à la porte une dizaine de minutes à observer le ciel clair en essayant de repérer la Grande Ourse, et puis je rentre, je me déshabille et je me recouche, les yeux grands ouverts. Boaz ronfle tranquillement pendant qu'il me prend l'envie d'être ailleurs.

Peut-être avec toi, dans ta chambre. La nuit, quand je ne trouve pas le sommeil, étendue dans mon lit, j'essaie de comprendre ce qui s'est passé et pourquoi. Je me sens très proche de toi, tu comprends ? J'aimerais travailler à la lingerie avec toi, par exemple. Nous serions juste nous deux. Je conserve dans ma poche tes deux messages que je lis et relis, encore et encore. Sache que j'attache une grande importance à chacun de tes mots, sans parler de ceux que tu n'as pas écrits. Les ragots vont bon train au kibboutz. Le comportement de Boaz a beaucoup surpris ; on dit que je n'ai eu qu'à me baisser pour le cueillir et qu'il se moque pas mal de savoir où il rentre après le travail et dans quel lit il se couche. L'autre jour, Roni Shindlin m'a décoché un clin d'œil devant le secrétariat du kibboutz. "Il faut se méfier de l'eau qui dort, hein, Monna Lisa !" m'a-t-il lancé avec un grand sourire. Je me suis éloignée sans répondre, terriblement mortifiée. Plus tard, à la maison, j'ai éclaté en sanglots. Il m'arrive de pleurer la nuit, une fois Boaz endormi, ce n'est pas sa faute, pas uniquement en tout cas, mais c'est à cause de toi et de moi aussi. Comme si quelque chose de moche, d'irréparable nous était arrivé à toutes les deux. "Qu'y a-t-il, Boaz ?" je lui demande souvent. "Rien", qu'il répond. Ce dépouillement me plaît : comme s'il ne possédait aucun bien en ce monde, comme s'il venait tout droit d'un désert inhabité. Et après... Pourquoi est-ce que je te raconte ces choses-là ? Cela te fait du mal et je n'ai pas l'intention d'en rajouter. Au contraire, j'aimerais partager ta solitude, exactement comme je voulais effleurer la sienne alors. Il est bientôt une heure du matin, il dort en position fœtale, le chien blotti à ses pieds. Le chat est couché sur la table, ses yeux jaunes suivent les mouvements de ma main qui trace ces lignes à la lumière d'une lampe articulée. Cela n'a aucun sens, je le sais, je dois arrêter. Qui me dit que tu liras ma lettre, déjà quatre pages que tu vas peut-être déchirer et jeter à la corbeille ? Tu vas croire que je suis folle, ce qui est sans doute vrai. Pourrait-on se voir pour parler ? Pas du régime de Boaz, ni de ses médicaments. (Je m'efforce de les lui rappeler sans grand succès. Tu connais son obstination qui frise le dédain, mais n'est qu'indifférence.) On pourrait discuter d'autre chose. Comme du rythme des saisons, par exemple, ou du ciel constellé d'étoiles, les nuits d'été : les étoiles et les nébuleuses m'intéressent pas mal. Toi aussi ? J'aimerais avoir ton avis, Osnat. Deux mots suffiront. J'attends de tes nouvelles. Ariella B. »

Osnat choisit de ne pas répondre à ce message qui l'attendait dans son casier. Elle le lut à deux reprises, le replia, le rangea dans un tiroir et alla se poster un moment à la fenêtre, immobile. Il y a trois chatons devant la clôture : l'un se mordille une patte, l'autre est couché par terre, on dirait qu'il dort les oreilles dressées, à croire qu'il entend un son ténu ; le troisième court après sa queue, mais il est si petit qu'il tombe constamment et roule sur le dos, les quatre fers en l'air. Une brise légère souffle, comme pour refroidir une tasse de thé. Osnat s'écarte de son observatoire et va s'asseoir sur le canapé, bien droite, les mains sur les genoux, les yeux clos. La nuit ne va pas tarder à tomber. Elle écoutera de la musique à la radio en lisant un livre, puis elle se déshabillera, rangera soigneusement ses habits de tous les jours, préparera ses vêtements pour le lendemain, prendra une douche et ira se coucher. Ces temps-ci, elle dort d'un sommeil sans rêves et ouvre les yeux avant la sonnerie du réveil. À cause des pigeons.

Entre amis

À l'aube, les premières pluies s'abattirent sur les maisons, les champs et les vergers du kibboutz. L'air exhalait un vivifiant parfum de terre humide et de feuilles fraîchement lavées. L'eau s'engouffrant dans les gouttières chassa la poussière des toits rouges et des hangars en tôle. Au lever du jour, une légère vapeur enveloppait les bâtiments et les fleurs des parterres étincelaient de mille perles liquides. Un tourniquet arrosait inutilement la pelouse détrempée. Un tricycle rouge dégoulinant d'eau gisait en travers du chemin, tandis que des oiseaux piaillaient de surprise en haut des arbres.

La pluie tira Nahum Asherov d'un sommeil agité. Durant quelques secondes, dans une sorte de torpeur, il crut entendre frapper aux volets, comme si on voulait lui annoncer une nouvelle. Il se redressa, tendit l'oreille et finit par comprendre qu'il s'agissait de la pluie. Aujourd'hui, il irait voir Edna pour lui parler entre quatre yeux. De tout. Et à David Dagan aussi. Il ne pouvait plus garder le silence.

Mais que leur dirait-il ?

Nahum Asherov, veuf, la cinquantaine, était l'électricien du kibboutz Yikhat. Edna, la seule enfant qui lui restait après la mort de son fils aîné Yishai, tué dans un raid de représailles quelques années auparavant, avait du tempérament, les yeux noirs, le teint mat, elle avait fêté ses dix-sept ans au printemps et était la première de sa classe. En fin d'après-midi, elle quittait le dortoir qu'elle partageait avec deux camarades pour venir le voir. Elle s'installait dans un fauteuil en face de lui, les bras serrés autour de ses épaules comme si elle avait froid. Même l'été. Elle s'attardait un moment autour d'un café accompagné d'une assiette de fruits pelés, découpés en tranches, commentait de sa voix douce le bulletin radio et l'entretenait de ses études avant de le quitter pour retrouver ses amis ou passer la soirée seule. Nahum n'en savait rien, il ne posait pas de questions et elle restait très discrète. Les garçons ne s'intéressaient pas encore vraiment à elle, du moins le croyait-il, sans se préoccuper d'approfondir le sujet. Il avait vaguement été question d'une idylle avec le maître-nageur Doubi, mais la rumeur était vite retombée. Sa fille et lui n'abordaient jamais leur vie privée, sauf de manière superficielle. Par exemple :

— Tu devrais aller au dispensaire, conseilla-t-elle. Je n'aime pas cette toux que tu as.

— On verra. Peut-être la semaine prochaine. Là, on va changer le groupe électrogène de la couveuse à poussins.

Quand ils ne parlaient pas musique, dont tous deux étaient grands amateurs, ils écoutaient en silence du Schubert sur un vieil électrophone. Ils n'évoquaient jamais la mort de la mère d'Edna ni celle de son frère. Pas plus que les souvenirs d'enfance ou les projets d'avenir. Ils étaient tacitement convenus de ne pas toucher aux sentiments et d'éviter tout contact physique. Même le plus léger frôlement : une main sur l'épaule, les doigts posés sur un bras.

— Au revoir, papa ! lança Edna du seuil de la porte au moment de partir. N'oublie pas d'aller chez le docteur. Je reviendrai demain ou après-demain.

— Oui, c'est ça. Bonne soirée et à bientôt.

Dans les mois à venir, Edna effectuerait son service militaire avec toute sa classe. Comme elle s'était mise à apprendre l'arabe, elle serait certainement incorporée dans le Renseignement.

Quelques jours avant les premières pluies, la nouvelle que Edna Asherov avait pris ses cliques et ses claques pour s'installer chez David Dagan, un professeur de l'âge de son père, avait suscité un vif émoi. C'était l'un des fondateurs et dirigeants du kibboutz, un gaillard loquace, massif, les épaules larges, le cou épais aux veines saillantes. Il arborait une belle moustache poivre et sel et maniait l'ironie avec une calme assurance d'une voix de basse. Personne ou presque ne contestait son autorité sur le plan doctrinal ou pour les détails du quotidien grâce à sa logique imparable et son extraordinaire pouvoir de persuasion. Il vous interrompait au milieu d'une phrase et, une main posée sur votre épaule, il déclarait gentiment, mais fermement : « Attends, on va tirer les choses au clair. » C'était un fervent marxiste, ce qui ne l'empêchait pas d'être passionné de musique liturgique. Il enseignait l'histoire au lycée depuis des années. Il multipliait les conquêtes et était le père de six enfants, nés de quatre femmes différentes résidant dans les deux kibboutz voisins et dans le nôtre.

David Dagan avait environ cinquante ans et Edna, son élève l'année précédente, à peine dix-sept. Pas étonnant si la tablée de Roni Shindlin en faisait des gorges chaudes au réfectoire. Abishag la Sunamite, Lolita et Barbe Bleue étaient sur toutes les lèvres. D'après Yoské M., un tel scandale entachait l'école entière. Un professeur et sa jeune élève, vous vous rendez compte ? Il fallait convoquer d'urgence le comité pédagogique. Yoshka n'était pas d'accord : il n'y avait pas à discuter à propos de sentiments, et puis ils avaient toujours prêché l'amour libre, non ? Et Rivka Riesh d'ajouter : comment pouvait-elle faire une chose pareille à son père après ce qu'il avait enduré ? Pauvre Nahum, il ne s'en remettrait jamais.

« Voilà que la jeune génération veut entrer à l'université, proféra David Dagan de sa voix grave dans la salle à manger. Ils refusent de travailler dans les champs et les vergers. Nous devons y mettre bon ordre, renchérit-il avec force. Qui est contre ? »

On avait pitié de Nahum Asherov, mais personne n'ouvrit la bouche. Cela va mal finir, disait-on derrière le dos d'Edna et de David Dagan. Il dépasse la mesure concernant les femmes. Quant à Edna, c'est incompréhensible.

Nahum s'enfermait dans le mutisme. On devait s'étonner et se moquer de sa passivité, pensait-il en croisant les camarades au détour d'une allée. On avait séduit sa fille et il ne bougeait pas ? Il eut beau se retrancher derrière ses idées progressistes quant à l'amour libre, il était submergé par le chagrin, la consternation et la honte. Chaque matin, il se rendait dans son atelier où il réparait des lampes et des réchauds, remplaçait de vieilles prises, rafistolait des appareils déglingués. Ensuite il sortait dans la cour, une échelle sur l'épaule, sa boîte à outils à la main, pour installer une nouvelle ligne électrique au jardin d'enfants. Matin, midi et soir, il faisait la queue au réfectoire, remplissait son plateau et mangeait en silence dans son coin. On s'adressait à lui avec précaution, comme à un malade incurable, en évitant toute allusion à son infirmité. Il se contentait d'une réponse laconique d'une voix douce et égale, légèrement voilée. J'irai trouver Edna demain, se disait-il en même temps in petto. Et David aussi. Au fond, elle est encore une enfant.

Le temps passait. Jour après jour, Nahum Asherov s'enfermait dans son atelier, les lunettes glissant sur son nez, penché sur les bouilloires électriques, les transistors et autres ventilateurs qu'il s'activait à réparer. Il irait leur parler tout à l'heure, après le travail, se répétait-il derechef. Il prononcerait quelques mots avant d'empoigner Edna par le bras pour la ramener à la maison, pas au dortoir. Mais que dire ? Par quoi commencer ? S'emporterait-il ou au contraire se retiendrait-il en alléguant la raison, le sens du devoir ? En fait, il n'éprouvait aucune colère, pas le moindre grief, seulement une grande tristesse et de l'amertume. Les fils aînés de David Dagan, plus âgés qu'Edna, avaient déjà terminé leur service militaire. Et s'il allait trouver l'un d'entre eux ? Mais pour lui dire quoi ?

Toute petite déjà, Edna était plus proche de Nahum que de sa mère. Elle avait beau être peu loquace, son père savait toujours, grâce à cette sorte de complicité qui existait entre eux, ce qu'il pouvait lui demander ou non, quand il fallait céder ou insister. À la mort de sa mère, Edna prit l'habitude de porter le linge de son père à la lingerie chaque lundi et de le ramener, propre et repassé, le vendredi suivant sans oublier de recoudre un bouton le cas échéant. Depuis la disparition de son frère, elle venait pratiquement tous les jours en fin d'après-midi. Nahum tirait les rideaux, préparait du café et elle lui tenait compagnie une heure ou une heure et quart. Ils parlaient peu, généralement de ses études à elle ou de son travail à lui. Parfois, ils discutaient d'un livre, écoutaient de la musique, partageaient quelques fruits. Après quoi, elle se levait, empilait dans l'évier la vaisselle sale qu'elle laissait à son père le soin de laver et retournait à l'internat. Nahum ignorait à peu près tout d'elle, hormis la satisfaction de ses professeurs. En même temps, il était particulièrement fier qu'elle apprenne l'arabe par ses propres moyens. Une jeune fille discrète, disait-on au kibboutz, serviable et consciencieuse comme son père, pas le caractère impulsif de sa mère. Dommage qu'elle ait coupé ses nattes et adopté un carré court avec une frange. Avec les tresses et la raie au milieu qu'elle portait avant, on aurait dit une pionnière du temps jadis.

Un soir, quelques mois plus tôt, Nahum s'était rendu au dortoir pour lui rapporter le pull-over qu'elle avait oublié chez lui. Il l'avait trouvée répétant à la flûte les mêmes accords — une simple gamme — avec deux camarades, assises chacune sur leur lit respectif. Il s'excusa du dérangement, posa le vêtement bien plié sur un coin du lit, chassa un grain de poussière invisible de la table, réitéra ses excuses et s'esquiva sur la pointe des pieds. Une fois dehors, il s'attarda quelques minutes sous la fenêtre, dans le noir : à présent, elles jouaient une longue étude, triste et monotone, qui lui serra le cœur. Il rentra et écouta la radio jusqu'à ce que ses paupières se ferment d'elles-mêmes. Plus tard dans la nuit, à moitié endormi, il entendit les chacals hurler tout près, à croire qu'ils étaient massés sous la fenêtre.

Ce mardi-là, en revenant du travail, Nahum se doucha, enfila un pantalon kaki impeccablement repassé, une chemise bleu clair et la veste élimée qui lui donnait l'air d'un intellectuel impécunieux du siècle dernier, il frotta ses lunettes du coin de son mouchoir et se dirigea vers la porte. Brusquement, il se souvint du manuel d'arabe pour étudiants confirmés qu'Edna avait oublié l'autre jour. Il l'enveloppa avec soin dans un sac en plastique, le fourra sous son bras, se coiffa de sa casquette grise et sortit. Les petites flaques, les feuilles vernissées et odorantes des arbres témoignaient de la pluie tombée. Il fit un détour par la maison des enfants sans se presser. Il n'avait pas la moindre idée de ce qu'il allait déclarer à sa fille et à David Dagan, mais improviserait le moment venu. Et si cette histoire entre Edna et David n'existait que dans l'imagination retorse de Roni Shindlin et des autres mauvaises langues du kibboutz ? En arrivant chez son ami, il le trouverait sans doute sirotant un café en bonne compagnie — une de ses ex, ou Ziva, une collègue, voire une parfaite inconnue. Edna serait évidemment absente, du coup il se bornerait à échanger à la porte quelques mots avec lui sur la situation ou le gouvernement, il refuserait le café et la partie d'échecs qu'il lui proposerait certainement et se hâterait d'aller voir sa fille. Elle serait dans sa chambre, plongée dans un livre, jouant de la flûte ou préparant ses devoirs. Comme d'habitude. Et il n'oublierait pas de lui restituer le manuel.

L'air sentait la terre humide associée aux effluves de pelures d'orange en décomposition et de fumier provenant de la cour et des étables. Nahum fit halte devant le monument aux morts où il repéra le nom de son fils, Yishai Asherov, tombé six ans auparavant au cours d'une incursion militaire dans le village de Dir A-nashaf. Les onze noms étaient gravés en lettres de cuivre dans la pierre ; Yishai était le septième ou le huitième de la liste. Enfant, il disait *yé* pour lait et prononçait bâches au lieu de vaches, se souvint Nahum. Il effleura l'inscription glacée du bout des doigts, tourna les talons et s'éloigna, ne sachant toujours pas ce qu'il allait bien pouvoir dire. Le découragement le gagna car, depuis sa jeunesse, il éprouvait une certaine tendresse pour David Dagan. Les récents événements n'avaient rien changé, il ne ressentait aucune colère, tout au plus une certaine gêne mêlée de déception et de tristesse. À peine avait-il fait quelques pas qu'un léger crachin tenace se mit à tomber. Les joues mouillées, les lunettes embuées, il serra le livre enveloppé de plastique contre sa poitrine, sous sa veste. On aurait dit qu'il comprimait son cœur de ses mains, comme s'il se sentait défaillir. Les allées étaient désertes, de sorte que personne ne remarqua son bras crispé sur son vêtement. Et si cette relation improbable entre David et sa fille cessait dans quelques jours ? Edna allait-elle se ressaisir et se montrer raisonnable ? À moins que David ne finisse par s'ennuyer aussi vite qu'il se fatiguait d'ordinaire de ses nouvelles liaisons ? On ne lui connaissait pas de petit ami attitré, à l'exception semblait-il d'un flirt pendant deux ou trois semaines avec Doubi, le maître-nageur de la piscine, contrairement à David Dagan et sa réputation de coureur de jupons.

Nahum Asherov se remémora le début de leur amitié : les premières années de la création du kibboutz, ils étaient si pauvres qu'ils logeaient dans les tentes attribuées par l'Agence juive. Le seul bâtiment en dur était réservé aux cinq bébés du kibboutz. Un débat houleux s'était engagé pour savoir qui s'occuperait d'eux la nuit : les parents ou chacun des membres à tour de rôle ? La discussion portait sur un point crucial : les enfants appartenaient-ils en principe à leurs parents ou à la collectivité ? David Dagan défendait la seconde proposition, tandis que Nahum Asherov soutenait le droit naturel des géniteurs. Les membres délibérèrent trois nuits d'affilée pour décider si l'on trancherait cette question par un vote à main levée ou à bulletin secret. David Dagan défendait la première suggestion, Nahum Asherov la seconde. Ils tombèrent finalement d'accord pour former un comité composé de David, Nahum et trois femmes sans enfant. Ils statuèrent à la majorité que, même si les bébés étaient ceux de la collectivité, les parents étaient prioritaires pour les garder la nuit. Malgré leurs opinions divergentes, Nahum vouait une admiration secrète à David Dagan pour sa rigueur inflexible. De son côté, David respectait la gentillesse et la patience de Nahum, lequel avait fini par obtenir gain de cause grâce à son obstination tranquille. À la mort de Yishai, après le raid sur Dir A-nashaf, David Dagan s'était installé plusieurs nuits chez Nahum. Cet épisode avait scellé une longue amitié. Ils se retrouvaient souvent le soir pour une partie d'échecs ou d'interminables discussions pour savoir si les principes du kibboutz étaient appliqués ou non.

Après avoir quitté sa quatrième femme, David Dagan avait emménagé dans un appartement au fond d'un bâtiment adossé à une haie de cyprès. Tout le monde savait qu'il entretenait une relation avec Ziva — une jeune professeure de la ville qui passait trois nuits par semaine au kibboutz — à laquelle il mit fin au moment où Edna vint habiter chez lui. N'importe qui à sa place ferait une irruption fracassante, allongerait deux claques à ce type, attraperait sa fille par le bras et la ramènerait de force à la maison, songea Nahum Asherov. À moins d'entrer posément et de se présenter devant eux, brisé, accablé, en disant : Comment avez-vous pu faire ça ? N'avez-vous pas honte ? Mais honte de quoi, au fait ?

Dans l'intervalle, il resta planté sous le crachin au milieu de l'allée conduisant à la maison, le livre pressé sur son cœur, ses lunettes dégoulinantes lui brouillant la vue. Le grondement lointain du tonnerre se fit entendre et la pluie redoubla soudain. Nahum s'abrita sous l'auvent de l'entrée et patienta. Il n'avait toujours aucune idée des paroles qu'il prononcerait quand David ouvrirait la porte. Et si c'était Edna ? Le jardinet devant la maison était envahi d'herbes folles, de broussailles et de minuscules escargots blancs. Trois pots de géraniums fanés occupaient le rebord de la fenêtre. Aucun bruit ne filtrait. Nahum s'essuya les pieds sur le paillasson, nettoya ses verres avec un mouchoir froissé tiré de sa poche, le remit à sa place et frappa deux coups à la porte.

— Ah te voilà, l'accueillit aimablement David en l'entraînant à l'intérieur. Très bien, entre. Ne reste pas dehors, il pleut. Voilà des jours que je t'attends. J'étais sûr que tu débarquerais un de ces quatre. On a des choses à se dire. Edna ! appela-t-il en se tournant vers la pièce du fond. Tu veux bien préparer du café pour ton père ? Il est là. Enlève ta veste, Nahum. Assieds-toi. Edna avait peur que tu sois fâché, mais je lui ai assuré que tu allais venir. On a allumé le chauffage il y a une demi-heure en prévision. L'hiver est arrivé d'un coup, on dirait. Tu as reçu la sauce, hein ?

Il le tira par la manche de ses doigts épais.

— On doit examiner la fastidieuse question de ces gamins qui refusent de travailler et veulent entrer à l'université directement après le service militaire. Il faudrait voter lors de la prochaine assemblée générale pour leur imposer trois ans de travail avant de s'inscrire à la fac. Qu'en penses-tu ?

— Je ne comprends pas..., commença Nahum d'une voix éteinte.

David posa sa grosse main sur son épaule.

— Attends, on va tirer les choses au clair. Je n'ai rien contre les études supérieures et je ne m'oppose pas non plus à ce que les jeunes obtiennent des diplômes. Au contraire : un jour, n'importe quel vacher aura un doctorat, pourquoi pas ? Mais jamais au détriment des travaux des champs et des soins aux animaux.

Le bras gauche collé sur son cœur pour empêcher le livre de glisser, Nahum hésita et finit par s'asseoir, le bras maintenu replié contre le pan de sa vieille veste trempée qu'il n'avait pas quittée.

— Tu n'es probablement pas d'accord avec moi, hein, Nahum ? reprit David avec un petit rire. Remarque, tu ne l'as jamais été sur aucun plan pendant toutes ces années. Ce qui ne nous a pas empêchés de rester amis.

Nahum éprouva une soudaine aversion pour cet homme avec sa belle moustache poivre et sel et sa manie de vous interrompre pour tirer les choses au clair.

— Mais c'est ton élève, protesta-t-il.

— Plus maintenant, et elle commence son service militaire dans quelques mois, trancha l'autre avec fermeté. Viens là, Edna. Dis à ton père que personne ne t'a kidnappée, s'il te plaît.

Sa fille apparut, vêtue d'un pantalon en velours marron et d'un pull-over bleu trop ample, un ruban de couleur claire noué dans ses cheveux noirs, les bras chargés d'un plateau garni de deux tasses de café, un sucrier et un petit pot de lait. Elle se pencha, posa le tout sur la table et recula, les bras autour de ses épaules : on aurait dit qu'elle avait froid malgré le poêle à pétrole où brûlait une belle flamme bleue. Nahum loucha dans sa direction, détourna la tête et rougit, comme s'il l'avait surprise à moitié nue.

— Il y a aussi des biscuits, fit-elle. Bonjour papa, ajouta-t-elle à retardement de sa voix douce et posée, sans bouger de sa place.

Nahum n'éprouvait aucun ressentiment, nulle aigreur, mais un immense chagrin, comme si sa fille ne se trouvait pas là, à deux pas, mais dans un pays lointain.

— Je suis venu te chercher? hasarda-t-il.

David Dagan posa la main sur la nuque d'Edna, il laissa glisser ses doigts le long de son dos et joua avec une boucle de ses cheveux.

— Elle n'est pas une bouilloire dont on peut disposer à sa guise, déclara-t-il avec satisfaction. Pas vrai, Edna?

Debout près du poêle, étreignant ses épaules de ses bras, indifférente aux caresses, les yeux fixés sur la fenêtre battue par la pluie, sa fille ne répondit pas.

Nahum l'observa. Elle était calme et concentrée, perdue dans ses pensées. Comme si on l'avait distraite de ses réflexions : choisir entre ces deux hommes de trente ans ses aînés. À moins que cette idée ne l'ait encore jamais effleurée.

On entendait le ruissellement continu de l'eau sur les vitres et dans les gouttières. Le poêle brûlait joyeusement et, de temps en temps, on percevait des glouglous dans les conduits.

Qu'es-tu venu faire ici? se demanda Nahum. Croyais-tu pourfendre le dragon et délivrer la princesse prisonnière? Tu aurais dû t'enfermer chez toi et attendre son retour. Elle a juste rejeté un père trop faible pour un autre plus énergique. Mais la figure paternelle autoritaire finira vite par lui peser. Elle lui prépare son café et s'occupe de son linge, comme elle le fait pour toi. Elle s'en lassera. Si tu ne t'étais pas précipité ici sous la pluie et avais eu un brin de jugeote, tu serais tranquillement resté à la maison. Tôt ou tard, elle serait rentrée pour s'expliquer, ou parce qu'elle aurait cessé de l'aimer. L'amour, c'est pareil à une infection, ça va et ça vient.

— Attends, on va tirer les choses au clair, répéta David. Toi et moi, Nahum, nous avons tissé une longue amitié en dépit de nos divergences de vues. Maintenant un autre lien nous rapproche. C'est tout. Ce n'est pas un drame. Bon, je suggère de soumettre à l'assemblée générale de samedi soir l'idée d'imposer aux jeunes trois ans de travail obligatoire avant l'université. Je suis sûr que tu ne me soutiendras pas, même si, au fond, tu sais que j'ai raison. J'espère en tout cas que tu ne me mettras pas des bâtons dans les roues pour m'empêcher d'obtenir la majorité. Bois ton café, il va refroidir.

— Reste jusqu'à ce qu'il cesse de pleuvoir, papa, intervint Edna. Et ne t'inquiète pas pour moi. Je me sens bien ici.

Nahum s'abstint de répondre. Il n'avait pas touché à son café. Il commençait à regretter sa démarche. Qu'espérait-il ? Vaincre l'amour ? Ses lunettes réfléchirent la lumière de la lampe l'espace d'une seconde. L'amour était un obstacle dans l'existence, médita-t-il : mieux valait faire le gros dos plutôt que de l'affronter. David n'allait pas tarder à monologuer sur le gouvernement et les bienfaits de la pluie. L'audace qu'insuffle parfois la souffrance chez les âmes tendres conféra à sa voix rauque des accents discordants, amers :

— Je n'arrive pas à le croire !

Là-dessus, il bondit sur ses pieds et tira le manuel d'arabe niveau avancé de sous sa veste élimée, bien décidé à le lancer sur la table si fort que les petites cuillères tinteraient dans les tasses. Au dernier moment, il se ravisa et le posa tout doucement, de peur d'abîmer le livre, la vaisselle ou la table recouverte d'une toile cirée, peut-être ? En se dirigeant vers la sortie, il fit volte-face et surprit le regard navré que sa fille, les mains enlaçant toujours ses épaules, fixait sur lui alors qu'assis sur une chaise, jambes croisées, ses larges paumes enserrant sa tasse, sa moustache striée de gris soigneusement taillée, son meilleur ami le considérait d'un œil indulgent, apitoyé et ironique. Nahum se rua tête baissée vers la porte comme pour l'enfoncer. Au lieu de la claquer derrière lui, il la referma sans bruit, à croire qu'il craignait d'en endommager les montants. La casquette presque au ras des yeux, il remonta le col de sa veste et s'engagea sur le chemin détrempé le long du bosquet de pins. Ses lunettes étaient constellées de gouttes d'eau. Il ferma le dernier bouton de sa veste et pressa étroitement le bras sur sa poitrine, comme si le livre s'y trouvait toujours. Il commençait à faire nuit.

Papa

Moshe Yashar, un grand gaillard efflanqué de seize ans à lunettes, le regard triste, vint trouver à la pause de dix heures David Dagan, son professeur, à qui il demanda l'autorisation d'aller voir son père après l'école et le travail obligatoire. Il pensait passer la nuit dans sa famille à Or Yehouda et se lever à quatre heures trente le lendemain matin pour rentrer au kibboutz par le premier car et arriver à temps en classe.

David Dagan lui tapota amicalement l'épaule.

— Chaque fois que tu pars, tu t'éloignes de nous. Or tu commences à bien t'intégrer.

— C'est mon père, objecta Moshe.

David Dagan prit le temps de la réflexion avant de hocher la tête à deux reprises, comme s'il acquiesçait intérieurement.

— Au fait, tu as appris à nager?

Les yeux baissés sur ses sandales, le garçon répondit qu'il progressait.

— Et pourquoi as-tu les cheveux aussi courts? On dirait un réfugié. Tu devrais les laisser pousser comme les autres. Bon, d'accord, tu peux y aller, ajouta-t-il après une brève hésitation. À condition que tu ne sois pas en retard au premier cours. Et n'oublie pas que tu fais partie de notre kibboutz à présent.

Moshe Yashar était interne. Une assistante sociale l'avait emmené chez nous : il avait sept ans à la mort de sa mère et, en raison de la maladie de son père, c'était son oncle Sami, de Givat Olga, qui avait recueilli neveux et nièces. Des années plus tard, l'oncle étant souffrant à son tour, les services sociaux avaient décidé de séparer les frères et sœurs pour les envoyer séparément dans différents kibboutz. Vêtu d'une chemise blanche sans poches boutonnée jusqu'au menton et coiffé d'un béret noir, Moshe avait atterri à Yikhat au début de l'année scolaire. Il adopta très vite le short, le tricot de peau et les pieds nus, comme nous. On l'avait intégré à l'atelier artistique, au club de discussion sur l'actualité et, grâce à sa haute taille et sa souplesse, il ne se débrouillait pas trop mal au basket-ball. Pourtant, il restait à part : il ne se joignait jamais à nous quand on effectuait une razzia dans le garde-manger pour organiser un gueuleton en pleine nuit. Et lorsqu'on allait passer la soirée chez nos parents après l'école et le travail, Moshe s'enfermait dans sa chambre pour faire ses devoirs ou se rendait à la salle commune : là, ses lunettes glissant sur le bout de son nez, il lisait méthodiquement tous les journaux de bout en bout. Et il était le seul à ne pas entonner des chansons nostalgiques au clair de lune, allongé sur la pelouse, la tête sur les genoux d'une fille. À son arrivée, nous le surnommions l'extraterrestre et nous moquions sa timidité, mais nous avions cessé quelques semaines plus tard car sa singularité avait on ne savait quoi de tranquille et de réservé. S'il était humilié, Moshe Yashar se contentait de vous regarder dans les yeux. « C'est blessant », lâchait-il sans hausser le ton. Il était serviable, pas rancunier pour deux sous, toujours disposé à vous donner un coup de main pour transporter, déménager ou accrocher quelque chose. Il ne rechignait pas non plus à aider les railleurs, le cas échéant. Le temps passant, nous ne l'appelions plus l'extraterrestre mais Moshik, surtout les filles envers qui il manifestait une délicatesse instinctive contrastant avec notre humour vachard. Il s'adressait à elles comme si elles étaient des merveilles de la nature simplement parce que c'étaient des filles.

Les cours avaient lieu le matin de sept à treize heures. Après le déjeuner pris au réfectoire scolaire, on se changeait et, de quatorze à seize heures, chacun vaquait à ses occupations. Moshe travaillait au poulailler; contrairement à la plupart d'entre nous, il n'avait jamais demandé à travailler ailleurs. Il apprit très vite à distribuer la pâtée dans les mangeoires, récolter les œufs sur les étagères dans les chambres de ponte, les disposer dans des boîtes en carton, régler le thermostat de la couveuse et nourrir les poussins qu'il vaccinait lui-même. Shraga Szupak et Tsheshka Honig, deux pionniers responsables de la basse-cour, ne tarissaient pas d'éloges à son sujet. Il était rapide, travailleur, discret, ponctuel, méticuleux, il ne cassait pas les œufs, n'oubliait jamais de changer la litière des poussins et ne se faisait pas porter pâle sous un prétexte ou un autre.

— Oui, je le laisse partir voir sa famille même si ce n'est pas de gaieté de cœur, confia David Dagan à Rivka Rikover, l'une de ses collègues.

— Nous devrions l'encourager à couper les ponts, ils le font régresser.

— Nous autres, en arrivant ici, nous avions quitté nos parents sans un regard en arrière, renchérit David. On avait tranché dans le vif, un point c'est tout.

— Ce garçon est un très bon sujet : il est calme, bûcheur, sociable.

— Je suis globalement optimiste à propos des Séfarades, affirma David. Il faut parier sur eux, l'investissement sera payant. D'ici une génération ou deux, ils seront exactement comme nous.

Ayant obtenu la permission de sortir, Moshe fonça dans la chambre qu'il partageait avec Tamir et Dror. Il avait profité de la récréation de dix heures pour préparer un petit sac — sous-vêtements, chaussettes, chemise de rechange, brosse à dents, dentifrice, *La Peste* de Camus et le vieux béret noir qu'il cachait dans la penderie au milieu d'une pile de vêtements sur l'étagère de gauche, au-dessous de celle de Tamir.

Après la pause, il alla au cours d'histoire que David Dagan consacra à la vision marxiste de la Révolution française : le signe précurseur, la première étape d'évolution historique nécessaire et inéluctable aboutissant à une société sans classes. Gideon, Lilah et Carmela levèrent la main.

« Attendez, on va tirer les choses au clair », répondit David Dagan avec fermeté.

Moshe essuya ses lunettes et prit soigneusement des notes dans son cahier — c'était un élève consciencieux — mais il s'abstint de poser des questions. Quelques semaines plus tôt, il avait lu à la bibliothèque du lycée plusieurs chapitres du *Capital* et décidé qu'il n'aimait pas Karl Marx. Chaque phrase ou presque aurait dû être ponctuée par un point d'exclamation, ce qu'il trouvait horripilant. Pour Marx, pensait-il, les lois sociales et historiques étaient aussi claires et stables que les lois de la nature. Postulat dont Moshe doutait fort.

Le progrès entraînait nécessairement son lot de victimes, remarqua Lilah. David Dagan acquiesça en ajoutant que l'histoire n'était pas une partie de plaisir. L'idée d'un bain de sang révulsait Moshe que la perspective d'une boum ne passionnait pas particulièrement non plus. Il n'y avait jamais assisté et n'en avait guère envie d'ailleurs. Il passait une bonne partie de son temps libre dans la bibliothèque déserte pendant que ses camarades allaient retrouver leurs parents. Il lisait tout ce qui lui tombait sous la main, entre autres *Patrouille arctique* de David Howarth, un roman d'aventures traduit de l'anglais. Il était parvenu à la conclusion que les trois quarts de l'humanité étaient en manque d'affection. Il assista à la leçon sur la Révolution française dans cet état d'esprit. Après la récréation, il y avait trigonométrie et agriculture et, à la fin des cours, tout le monde se précipita dans les dortoirs où chacun enfila ses vêtements de travail avant d'avaler son déjeuner au réfectoire.

Le repas était composé de galettes d'épinards et de purée de pommes de terre accompagnées de cornichons et de carottes cuites à l'eau. Nous mourions de faim. On se goinfra de pain en réclamant un supplément de purée. Il faisait si chaud que chacun but deux ou trois verres à la grande carafe d'eau fraîche posée sur chaque table. Des mouches tournoyaient au-dessus de nos têtes, pendant que de grands ventilateurs poussiéreux brassaient l'air au plafond. Après une compote de fruits en guise de dessert, on débarrassa la table, empilant la vaisselle sale devant le passe-plat de l'office avant d'aller travailler : Tamir au garage, Dror aux foins, Carmela à la garderie et Lilah à la lingerie.

Avec ses habits couverts de poussière et ses souliers empestant la fiente, Moshe traversa l'allée bordée de pins, dépassa les deux hangars abandonnés, la remise au toit en tôle et gagna le vaste poulailler. La puanteur lui monta aux narines : des relents d'excréments, de poussière, d'aliments, de plumes coincées dans les grillages, outre une odeur indéfinissable de promiscuité étouffante. Assise sur un tabouret, Tsheshka Honig triait les boîtes d'œufs en fonction de leurs calibres. Moshe la salua et signala que, le travail terminé, il prendrait le bus de seize heures pour aller voir son père. Quand elle était jeune, elle avait décidé un beau jour de quitter la maison parentale pour partir en Israël et vivre au kibboutz, déclara Tsheshka. Elle n'avait pas pu dire au revoir à ses parents, assassinés par les nazis en Lituanie. « Ta famille vit dans des baraquements ? »

Après la mort de sa mère, quand son père et son oncle

étaient tombés tour à tour gravement malades, ses frères et sœurs avaient été dispersés dans des kibboutz différents, répliqua Moshe d'un ton égal — réponse qu'il servait chaque fois qu'on lui posait la question. Tout en parlant, il transporta une brouette sous l'entonnoir du silo à grains, la chargea à ras bord et entreprit de remplir les auges à mesure qu'il progressait sur le passage cimenté séparant les deux rangées de cages, bourrées de poulets, sous lesquelles s'amoncelaient des monceaux d'excréments. S'il avisait un volatile mort, il le ramassait et le déposait avec précaution sur la travée, derrière lui. Une fois sa besogne achevée, il revenait sur ses pas pour recueillir les petits cadavres. De sourds gémissements emplissaient l'air, comme si les poules enfermées deux à deux se répandaient en lamentations sans fin, désespérées. De loin en loin, s'élevait un cri strident, apeuré, à croire qu'un poulet avait brusquement deviné comment cela finirait. Au fond, il n'y en avait jamais eu et il n'y en aurait jamais deux exactement pareils. Même s'ils nous paraissaient en tout point semblables, ils étaient différents, comme les hommes et les femmes, car, depuis l'aube des temps, on n'avait jamais vu deux créatures rigoureusement identiques. Moshe s'était promis de devenir un jour végétarien, voire végétalien, seulement il avait repoussé sine die la réalisation de ce projet parce qu'au kibboutz l'entreprise n'était guère aisée. Déjà qu'il lui fallait déployer de grands efforts pour ressembler aux autres. Il devait se contrôler. Faire comme si. Manger de la viande était cruel, se répétait-il, songeant au destin des malheureux volatiles entassés dans leurs prisons grillagées où ils ne pouvaient même pas bouger. Les générations futures nous traiteraient d'assassins, ils nous reprocheraient la consommation de créatures à notre image, privées du contact de la terre, de l'herbe parfumée, l'incubation artificielle, l'élevage dans des cages surpeuplées, le gavage, les œufs non fécondés, sans parler de l'abattage et la plumaison de ces bestioles qu'on dépeçait en nous léchant les babines. Des mois durant, Moshe avait envisagé d'ouvrir une cage et subtiliser un oiseau qu'il dissimulerait sous sa chemise pour le soustraire au regard perçant de Tsheshka et Shraga ; ensuite, il le lâcherait hors du kibboutz. Mais que deviendrait un poulet abandonné au milieu des champs ? La nuit, les chacals affamés n'en feraient qu'une bouchée.

Il se dégoûtait, ce qui lui arrivait assez souvent pour des raisons diverses et variées. Ce mépris de soi lui donnait la nausée, alors il se traitait de mauviette, qualificatif dont David Dagan affublait ceux que rebutaient les atrocités inévitables de la Révolution. Moshe vénérait son professeur, un homme de principes aux idées bien arrêtées qui l'avait accueilli au kibboutz Yikhat et lui avait servi de mentor avec douceur et fermeté dans sa nouvelle vie. C'était lui qui l'avait poussé à s'inscrire aux groupes de dessin et de débats sur l'actualité, et l'avait défendu bec et ongles contre les quolibets de ses camarades, à son arrivée. Moshe n'ignorait pas que David vivait avec une adolescente, Edna Asherov, la fille de Nahum l'électricien. Il y avait eu un défilé de femmes dans l'existence de David. Après tout, ce n'était pas un homme ordinaire, mais un philosophe, avait raisonné

Moshe, une fois la stupeur passée. Il ne le jugeait pas, parce que ce n'était pas dans sa nature et qu'il lui était profondément reconnaissant. Toutefois, il restait un peu surpris. Il s'était souvent identifié à David Dagan, seulement il ne se voyait pas afficher sa totale décontraction envers le sexe opposé. Ni la juste révolution sociale, ni la lutte finale qu'il leur avait enseignées ne pourraient jamais instaurer l'égalité entre des personnes telles que David, capables de séduire n'importe quelle femme sans lever le petit doigt, et un garçon comme lui, qui ne l'envisagerait pas même dans ses rêves les plus fous.

Moshe Yashar rêvait parfois de Carmela Nevo, sa camarade de classe, avec son léger sourire et ses doigts tirant de sa flûte des mélodies tristes. Il n'avait jamais osé lui adresser la parole ni la regarder en face. En classe — elle était assise deux rangs devant lui —, il contemplait à loisir les petits cheveux follets sur sa nuque souple, penchée sur son cahier. Un jour qu'il passait par là alors qu'elle bavardait avec une amie, il caressa furtivement son ombre entre le mur et la lumière. Il fut incapable de fermer l'œil la moitié de la nuit suivante.

— Tu vas d'abord régler le thermostat de la couveuse, puis tu vérifieras le niveau de l'eau dans les abreuvoirs, tu donneras à manger aux poussins et tu rangeras les cartons d'œufs dans la chambre froide, ensuite tu pourras filer, décréta Tsheshka. Je rédigerai le rapport à ta place. Et je te laisserai partir quinze minutes plus tôt pour que tu aies le temps de te laver, te changer et attraper le bus de quatre heures.

— Merci, fit Moshe, occupé à ramasser les cadavres

des poulets jonchant l'allée pour les déposer dans un conteneur disposé dehors où on les brûlerait. Je serai de retour demain matin et je viendrai travailler un quart d'heure plus tôt après l'école.

— Tu dois leur montrer que tu es devenu un kibboutznik à part entière, c'est l'essentiel, recommanda Tsheshka.

Sous la douche, un peu plus tard, il s'appliqua à chasser l'odeur de poulailler à grand renfort d'eau et de savon, il se sécha, enfila un pantalon aux plis impeccables et sa chemise blanche du shabbat dont il retroussa les manches jusqu'aux coudes. Il alla ensuite chercher dans sa chambre le sac préparé pendant la récréation et sortit au galop en coupant par la pelouse et les parterres fleuris. Tsvi Provizor, le jardinier, à genoux devant une plate-bande qu'il désherbait, leva la tête et lui demanda où il allait.

Moshe, sur le point de répondre qu'il partait rendre visite à son père à l'hôpital, se ravisa.

— En ville, se borna-t-il à dire.

— Pourquoi ? Qu'y a-t-il là-bas que nous n'avons pas chez nous ?

— Des inconnus, faillit rétorquer Moshe qui préféra s'abstenir.

Il descendit à la gare routière et monta dans un autre autobus en direction de l'hôpital. Il s'installa sur la banquette du fond, tira de son sac son béret noir râpé, l'enfonça sur son crâne jusqu'aux yeux, boutonna sa chemise sous le menton et rabattit les manches sur ses poignets. Il avait repris son apparence du jour où l'assistante sociale l'avait accompagné au kibboutz Yikhat, à l'exception de ses sandales d'été, détail qui échapperait à son père, il en était pratiquement certain. Son père n'avait presque plus conscience de ce qui l'entourait. Des relents de graillon et de combustible s'infiltraient par les fenêtres ouvertes pendant que l'autobus s'engageait dans les ruelles limitrophes. Moshe songea aux filles de sa classe qui avaient décidé de l'appeler Moshik. La vie était plutôt agréable maintenant que les moqueries avaient cessé. Il aimait l'école où l'on pouvait venir pieds nus l'été et discuter librement avec les professeurs sans servilité aucune. Le basket aussi lui plaisait bien, de même que les activités extrascolaires : le club d'arts plastiques et le groupe de discussion où l'on débattait de sujets d'adultes entre deux camps adverses, les progressistes et les conservateurs. Moshe appartenait encore au monde ancien, il n'était pas vraiment partisan du progrès et préférait écouter et assimiler les opinions des uns et des autres plutôt que d'exprimer son avis. Il consacrait ses heures de liberté à lire Dostoïevski, Camus et Kafka, empruntés à la bibliothèque — la mystérieuse énigme que posaient ces œuvres le troublait profondément. Les questions non résolues l'intéressaient davantage que la solution du problème. Il était toujours en phase d'adaptation et, d'ici quelques mois, il saurait appréhender le monde de la façon inculquée par David Dagan et les autres professeurs. Il serait enfin comme eux ! Il enviait les garçons vautrés sur la pelouse pendant les veillées, la tête nichée sur les genoux des filles, chantant à pleine gorge des hymnes au travail et des airs patriotiques. Un frisson de panique et d'excitation lui avait parcouru l'échine en apprenant que les garçons et les filles partageaient les douches jusqu'à l'âge de douze ans. Tamir et Dror avaient donc vu Carmela nue chaque jour, spectacle qui devait les laisser de marbre tandis que lui, il lui suffisait d'imaginer le fin duvet ornant la courbe délicate de sa nuque pour entrer en transe. Leur ressemblerait-il jamais ? Il l'espérait avec ferveur tout en le redoutant, persuadé au fond de lui d'en être incapable.

L'autobus cahotait sur la route de Tel-Aviv, s'arrêtant à chaque station pour laisser monter et descendre les voyageurs — de pauvres gens baragouinant le roumain, l'arabe, le yiddish ou le hongrois, encombrés de poulets vivants, de paquets emballés dans des couvertures trouées et de vieilles valises ficelées avec des cordes. En cas de bousculades et d'altercations, le chauffeur houspillait les passagers qui l'injuriaient copieusement en retour. À un moment donné, il stoppa sur le bas-côté entre deux agglomérations, descendit et urina dans l'herbe, le dos tourné. Il remonta et redémarra dans un épais nuage de fumée nauséabonde. On transpirait à grosses gouttes dans la chaleur moite. Le trajet était interminable du kibboutz Yikhat à Tel-Aviv, encore plus long du fait d'innombrables détours à travers les localités avoisinantes, les baraquements des nouveaux immigrants, les vergers et les terrains vagues. Des cyprès poussiéreux et des eucalyptus aux troncs pelés bordaient la chaussée. La lumière du jour déclinait déjà quand Moshe se leva et tira sur la cordelette qui courait au plafond. L'autocar s'arrêta à un carrefour, il descendit et suivit le chemin de terre menant à l'hôpital.

Il aperçut alors un petit chien bâtard gris-marron, la tête tachetée de blanc, qui courait en crabe dans les buissons. L'animal traversa la route au moment précis où le bus s'ébranlait. La roue avant le manqua, mais l'arrière le percuta de plein fouet et l'écrasa sans qu'il puisse émettre un seul jappement. On entendit un léger choc tandis que le car poursuivait sa route. Le petit cadavre gisait sur le bitume fissuré, un sillon ensanglanté suintant de sa croupe, il se débattait dans les convulsions de l'agonie, sa tête martelant le sol en cadence, ses pattes s'agitant en tous sens, tandis qu'un mince filet sombre coulait de sa gueule ouverte découvrant ses petits crocs étincelants. Moshe se précipita, il s'agenouilla auprès de l'animal aux yeux vitreux et lui berça la tête jusqu'à ce que les spasmes cessent. Il ramassa la dépouille encore tiède, de peur qu'elle se fasse écrabouiller par un autre véhicule, et la déposa au pied d'un eucalyptus au tronc chaulé, non loin de l'arrêt de bus. Il se frotta les mains avec une poignée de terre et s'évertua vainement à ôter le sang qui maculait son pantalon et sa chemise blanche. Insensible à ce qui l'entourait, son père ne le remarquerait probablement pas. Moshe s'attarda un petit moment, il tira son mouchoir de sa poche, nettoya ses lunettes embuées, marqua une légère hésitation et se remit en marche à grandes enjambées dans la nuit tombante.

L'hôpital, situé à une vingtaine de minutes de la route, était entouré d'un mur en béton hérissé de barbelés.

Entre-temps, le sang s'était figé en larges taches couleur de rouille sur ses vêtements.

Un portier corpulent, en nage, une kippa sur la tête, gardait l'entrée. L'heure des visites était largement dépassée, il devait revenir le lendemain, signala-t-il.

Encore secoué par la mort du chien, les yeux mouillés de larmes, le garçon bredouilla qu'il était venu du kibboutz Yikhat pour voir son père et devait retourner à l'école le lendemain matin à sept heures. Le gros vigile, bien luné ce soir-là, désigna le béret noir que Moshe avait sur la tête et demanda si on profanait le shabbat au kibboutz et si on y mangeait non casher. La voix étranglée par l'émotion, Moshe fut incapable de répondre.

Le gardien se radoucit.

— Ne pleure pas, petit. Allez, ça va, entre, mais la prochaine fois, débrouille-toi pour arriver entre seize et dix-sept heures, pas plus tard. Maintenant tu as trente minutes, pas plus, d'accord?

Moshe le remercia et lui tendit machinalement la main. Le portier l'ignora et tapota son béret à deux reprises :

— Et ne profane pas le shabbat surtout, hein?

Moshe traversa un petit jardin mal entretenu où se trouvaient deux bancs écaillés et franchit le portail grillagé qui s'ouvrit quand il actionna une clochette au son grêle. Une dizaine d'hommes et de femmes en peignoirs rayés et chaussons se trouvaient dans le vestibule, vautrés sur des sièges en métal alignés le long des murs peints jusqu'à mi-hauteur de couleur kaki. Quelques-uns conversaient tout bas. Le surveillant taillé comme une armoire à glace en chemise à fleurs, pantalon de treillis et brodequins, mastiquait du chewing-gum dans un coin. Une femme âgée tricotait à toute vitesse sans aiguilles ni laine en émettant des murmures confus. Un homme squelettique, les épaules voûtées, les mains agrippées aux barreaux de la fenêtre, apostrophait le monde noyé d'ombre. Assise sur une chaise près de la porte, une vieille femme suçait furieusement son pouce en marmonnant des suppliques. Moshe trouva son père avachi sur une chaise de fer gris sous la terrasse grillagée. Une timbale où refroidissait du thé était posée sur une table métallique également grise.

Il prit un siège libre à côté de son père en se penchant pour qu'il ne remarque pas les taches de sang sur ses habits.

— Bonjour papa.

Son père le salua sans le regarder.

— Je suis venu te voir.

L'autre acquiesça en silence.

— J'ai pris l'autobus.

— Où est-il parti ?

— Qui ça ?

— Moshe.

— Moshe, c'est moi.

— C'est toi ?

— Oui. Je suis venu te voir.

— Tu es Moshe.

— Comment ça va, papa ?

— Où est-il parti ? Où ? répéta le père avec inquiétude, d'une voix infiniment triste, frémissant de douleur.

Moshe saisit sa main ridée aux veines apparentes, abîmée par les durs travaux de terrassement et la culture de la terre.

— J'arrive du kibboutz, papa. Le kibboutz Yikhat. Je suis venu te voir. Tout se passe pour le mieux. Je vais très bien.

— Tu es Moshe ?

Le garçon évoqua ses études. David Dagan son professeur. La bibliothèque. Le poulailler où il travaillait. Les filles qui chantaient des airs mélancoliques, si beaux. Il ouvrit son sac, en sortit le volume à la couverture verte et lut les deux premiers paragraphes de *La Peste*. Avec sa kippa sur son crâne légèrement incliné, le père l'écoutait avec attention, les yeux las, mi-clos. Soudain, il s'empara de la timbale et considéra le thé froid en secouant tristement la tête avant de la reposer sur la table.

— Où est-il parti ?

— Je vais te chercher une autre tasse à la cuisine. Du thé chaud.

Son père se frotta le front de la main comme s'il venait de se réveiller.

— Tu es Moshe, remarqua-t-il sombrement.

Son fils reprit la main brune de son père, qu'il se garda d'embrasser, se bornant à serrer ses doigts inertes entre les siens. Il lui parla encore du basket, des livres qu'il avait lus, des débats sur l'actualité, des discussions dans le cadre du club artistique auquel il participait, de Joseph K. dans le roman de Kafka, de David Dagan, qui avait eu plusieurs épouses en plus d'un tas de maîtresses et vivait à présent avec une jeune fille de dix-sept ans, ce qui ne l'empêchait pas de se consacrer à ses étudiants. Il avait d'ailleurs pris sa défense alors que tout le monde se moquait de lui au début. Il avait un tic de langage et commençait souvent ses phrases par : « Attends, on va tirer les choses au clair. » Moshe monologua dix bonnes minutes pendant que son père l'écoutait, les yeux fermés. Il les rouvrit et déclara d'une voix lugubre :

— Bon. Tu dois partir maintenant. C'est toi, Moshe ?

— Oui, papa. Ne t'en fais pas. Je reviendrai dans deux semaines. On m'y autorisera. David Dagan me donnera la permission.

Son père hocha la tête, puis inclina le front sur sa poitrine, comme s'il était en deuil.

— Au revoir, papa, lança Moshe. À bientôt, ne t'inquiète pas.

À la porte, il jeta un dernier regard à son père, immobile, les yeux fixés sur la timbale.

— Comment va-t-il ? demanda Moshe au surveillant en pantalon de treillis.

— Bien. Il est calme. Si tout le monde pouvait lui ressembler ! Tu es un bon fils. Dieu te bénisse.

Dehors, il faisait presque nuit. Moshe fut pris d'une soudaine nausée, ce dégoût de soi qu'il éprouvait souvent. Il ôta son béret noir, le fourra au fond de son sac, retroussa ses manches et ouvrit le dernier bouton de sa chemise. Le petit jardin de l'hôpital était envahi d'herbes folles et de chiendent. Un torchon oublié sur un banc et la ceinture d'un peignoir au milieu des broussailles attirèrent son regard. Moshe était très observateur, pas un détail ne lui échappait. Il pensa à Tsheshka Honig ; elle lui avait appris à repérer les poulets malades pour les isoler avant qu'ils ne contaminent les autres. Il songea aussi à ses camarades de classe en train de chanter des mélodies tristes, allongés dans l'herbe, la tête des garçons sur les genoux des filles. La tête blonde de Tamir, Dror, Gideon, Arnon ou d'un d'autre reposait au même moment contre le ventre de Carmela Nevo, les joues caressées par la tiédeur de sa poitrine. Moshe aurait donné n'importe quoi pour se trouver là-bas en cet instant. Être considéré une bonne fois comme l'un des leurs. Sachant qu'il n'y parviendrait jamais.

— Tiens, tu avais un béret en arrivant et tu ne l'as plus en repartant ? s'exclama le gardien jovial alors que le garçon franchissait la grille.

Moshe lui jeta un rapide bonsoir avant de reprendre le chemin vers la route. Elle était déserte quand il la rejoignit. Pas un véhicule en vue. Il distingua à l'horizon des points lumineux. Des aboiements, les braiments d'un âne, des voix d'enfants lui parvenaient de loin. Il s'accroupit sur le sol au pied de l'eucalyptus peint en blanc, non loin de l'endroit où gisait le chien écrasé, et patienta. Il attendit longtemps. Il lui sembla entendre des sanglots entrecoupés venant de l'hôpital sans en être sûr. Il se figea pour écouter.

Un petit garçon

Léa assistait à un stage de puériculture de dix jours à l'École normale des kibboutz. L'absence de sa femme réjouissait Roni Shindlin. Il prit une douche en rentrant de la ferronnerie où il travaillait et alla chercher son fils Youval, âgé de cinq ans, à la maison des enfants. Tous deux partirent se promener, main dans la main, entre deux averses. Youval portait des bottes vertes, un pull et un blouson sur un pantalon de flanelle. Roni veillait à nouer le bonnet du garçonnet sous le menton car il avait les oreilles sensibles au froid. Il le soulevait dans ses bras, l'embrassait et l'emmenait voir les vaches et les moutons. Youval avait un peu peur des bêtes qui meuglaient placidement, vautrées dans le purin.

As-tu vu la vache/ la vache aux yeux bleus ?/Toujours à la tâche,/ elle faisait « meuh meuh », chantonnait son père.

— Pourquoi elle rugit ? questionna l'enfant.

— Les vaches ne rugissent pas, elles meuglent, ce sont les lions qui rugissent, corrigea Roni.

— Alors pourquoi ils rugissent, les lions ?

— Ils appellent leurs amis.

— Leurs amis sont méchants.

— Ils jouent avec eux.

— Ils sont méchants.

Youval était un bambin de petite taille, indolent et craintif. Souvent malade, il avait la diarrhée pratiquement une fois par semaine et des otites à répétition, l'hiver. Il était le souffre-douleur de ses camarades et passait le plus clair de ses journées tout seul sur le tapis, dans un coin de la garderie, face au mur, occupé à sucer son pouce ou à jouer avec des cubes en bois et un canard en plastique qui couinait lorsqu'on appuyait dessus ; ce dont il ne se privait pas. Il ne s'en était jamais séparé depuis l'âge d'un an. Les autres le surnommaient Youvali-fait-pipi-au-lit et lui tiraient les cheveux dès que la nourrice avait le dos tourné. Il pleurnichait pendant des heures, la morve dégoulinant le long de sa bouche sur son menton. Les éducatrices ne l'aimaient pas car il ne savait pas se défendre, n'était pas sociable et braillait sans arrêt. Le matin, au petit déjeuner, il picorait ses céréales et laissait la moitié de son bol. Il fondait en larmes quand on le grondait. Si on essayait de l'amadouer pour l'inciter à manger, il se repliait sur lui-même, muré dans le silence. À cinq ans, il mouillait encore son lit la nuit, obligeant les puéricultrices à placer une alèse sous le drap. Le matin, il se réveillait trempé et s'attirait les moqueries des autres. Il restait assis pieds nus sur son lit humide dans son pyjama dégoulinant, le pouce à la bouche et, au lieu de se changer, il sanglotait sans bruit, les joues ruisselantes de larmes mêlées de morve jusqu'à l'arrivée de l'éducatrice.

— Allez, habille-toi, Youval ! le houspillait-elle. Mouche-toi et arrête de pleurer. Tu n'es plus un bébé.

Le comité éducatif avait recommandé à Léa, sa mère, d'être très ferme et de ne pas céder à ses caprices. Au cours des après-midi qu'il passait avec eux, Léa l'obligeait à se tenir droit, à finir son assiette et ne plus sucer son pouce. Elle le punissait à cause de ses sempiternelles jérémiades. Elle était contre les effusions et les embrassades, convaincue que les enfants devaient être forts et solides dans notre nouvelle société. Pour Léa, les problèmes de Youval résultaient du laxisme des éducatrices qui lui passaient toutes ses lubies. Roni, lui, le prenait dans ses bras et l'embrassait quand sa mère n'était pas là. Il sortait de la poche de son anorak une tablette de chocolat dont il lui offrait deux ou trois carrés — un secret que le père et le fils cachaient jalousement à Léa et aux autres. Roni rongeait son frein, redoutant les crises de sa femme qui incitaient le petit garçon à se réfugier en geignant sous le lit avec son canard, jusqu'à ce que sa mère se calme. Et même alors, il n'était pas pressé d'en sortir.

Roni Shindlin avait la réputation d'être une commère de première, doublée d'un pitre, mais il ne se permettait pas la plus petite raillerie avec Léa. Elle ne goûtait guère son humour qu'elle jugeait facile et douteux. Léa et Roni fumaient à la chaîne les cigarettes Silon fournies par le kibboutz. L'appartement était noyé dans la fumée. L'odeur imprégnait les meubles et les murs, stagnait au plafond et persistait même la nuit. Léa détestait les contacts physiques et les paroles superflues. Elle était à cheval sur ses principes et appliquait le règlement du kibboutz à la lettre. À ses yeux, la vie de couple renvoyait à un idéal de simplicité.

Outre une bibliothèque en contreplaqué et un canapé garni d'un matelas en mousse qui se transformait en lit double pour la nuit et qu'on repliait chaque matin, l'ameublement se composait d'une table basse, deux fauteuils en rotin, un coussin rembourré et une natte rugueuse étalée sur le sol. La reproduction d'un champ de tournesols roussis par le soleil ornait le mur, et un bouquet de chardons planté dans une douille d'obus était placé dans un coin. L'air empestait le tabac.

Le soir, une fois le planning du lendemain accroché au panneau d'affichage, Roni s'installait avec ses amis et sa petite cour à leur table attitrée, au bout du réfectoire, pour fumer et échanger des potins et des ragots sur tout le monde. Rien ne lui échappait. La vie d'autrui l'intriguait fort et déclenchait un torrent de plaisanteries. Les idéaux les plus élevés révélaient nos faiblesses et nos contradictions les plus absurdes, estimait-il. Il aimait citer Levi Eshkol affirmant qu'un homme n'est qu'un homme, et encore pas très souvent. « Il se passe toujours quelque chose chez nous, déclarait-il d'une voix un peu nasillarde en allumant une nouvelle cigarette. D'abord Boaz quitte Osnat pour Ariella Barash, maintenant c'est Ariella qui le plaque à cause de son chat, et demain une autre femme délaissée va récupérer ce pauvre type esseulé, vous verrez. “Je n'ai jamais vu un juste solitaire ni sa semence en quête d'une… couche hospitalière”, comme il est écrit dans la Bible. »

Ou encore : « Si on cherche une femme au kibboutz Yikhat, il suffit de faire le pied de grue devant la porte de David. Il les balance dehors comme des mégots. »

Et tous de rire comme des baleines. Il n'était pas bon d'être en butte à leurs sarcasmes.

À vingt-deux heures, Roni et sa bande levaient l'ancre. Il faisait un saut à la maison des enfants pour border le petit Youval, puis repartait en traînant la jambe, s'asseyait sur une marche du perron pour se déchausser afin de ne pas salir la maison et entrait en chaussettes sur la pointe des pieds. Léa écoutait la radio en fumant cigarette sur cigarette, comme chaque soir. Roni s'asseyait en face d'elle en silence et en allumait une à son tour, la dernière de la journée. Une demi-heure plus tard, ils écrasaient leurs mégots, éteignaient la lumière et allaient se coucher, chacun dans son coin car ils devaient retourner travailler à six heures le lendemain matin.

À l'atelier, Roni avait la réputation d'être consciencieux et zélé. Il ne manquait jamais une réunion du comité exécutif. Il préconisait une gestion équilibrée et prudente, loin des initiatives aventureuses. Il avait voté pour une extension raisonnable du poulailler et contre un emprunt à la banque. Après ses tâches quotidiennes, il se consacrait à sa collection de timbres en compagnie de son fils : ils s'installaient à la table basse, tête contre tête, près du poêle à mazout où brûlait une flamme bleue. Youval trempait les enveloppes dans un bol rempli d'eau pour décoller les timbres qu'il faisait sécher à l'envers sur un buvard, selon les instructions de son père. Tout en les classant dans un album à l'aide d'un catalogue anglais, Roni lui parlait du Japon, le pays du soleil levant, de l'Islande, la terre de glace, d'Aden et de l'Hadramaout, l'antique Hatsarmavet, « l'antichambre de la Mort » dans le détroit des Larmes, de Panama et du grand canal qu'on y avait creusé.

Léa leur préparait un jus d'oranges pressées en sommant Youval de le boire jusqu'à la dernière goutte, et allait s'isoler dans un coin pour lire son bulletin de pédagogie. De temps en temps, un faible glouglou s'échappait des entrailles du poêle, tandis que la flamme se ranimait brièvement derrière la grille. Dehors, le vent et la pluie cinglaient les persiennes closes, et une branche de ficus fouettait la façade sans relâche, comme pour implorer pitié. Roni se levait, il vidait le cendrier et le nettoyait sous le robinet. Youval se cramponnait à son père en suçant son pouce.

— Enlève-moi ton doigt de la bouche ! tempêtait Léa. Quant à toi, Roni, tu vas arrêter de le chouchouter. Il est assez gâté comme ça. À la place, il ferait mieux de manger une orange et d'abandonner une bonne fois ce malheureux canard. Les garçons ne jouent pas à la poupée, que je sache !

Profitant de l'absence de sa femme, Roni alla chercher Youval et son canard piailleur à la maison des enfants chaque après-midi à seize heures pendant dix jours. Son fils juché sur les épaules, il déambulait autour des étables et des poulaillers. L'âcre senteur des épluchures d'oranges en décomposition dans la fosse à compost se mêlait à celles du fourrage et du purin de l'étable. Il soufflait un vent d'ouest humide tandis qu'un crépuscule précoce descendait sur les hangars et les silos, enveloppant nos petites maisons aux toits rouges. De loin en loin, un oiseau dans un arbre lâchait un trille aigu auquel répondait le bêlement déchirant des moutons dans leur enclos. Si un petit crachin se mettait à tomber, le père et le fils se hâtaient de rentrer à la maison, la tête dans les épaules.

Après la promenade, Roni cajolait le garçonnet pour l'inciter à avaler la tartine de confiture et le bol de chocolat qu'il lui avait préparés. Youval croquait sans enthousiasme deux ou trois bouchées de pain et trempait ses lèvres dans la tasse fumante.

— Ça suffit papa, déclarait-il au bout d'un moment. Maintenant, les timbres.

Le père desservait la table, empilait la vaisselle dans l'évier et attrapait en haut de l'étagère l'album vert où tous deux se plongeaient, front contre front. Les timbres étaient de petits visiteurs venus de lointaines contrées, précisa Roni après avoir allumé une cigarette. Chacun racontait l'histoire de sa patrie, les paysages, les gens célèbres qui y vivaient, les fêtes qu'on y célébrait, les beaux monuments. Youval voulut savoir s'il existait des pays où les enfants n'étaient pas méchants ni bagarreurs et avaient le droit de dormir avec leurs parents la nuit. Perplexe, Roni se borna à répondre qu'il y avait des gens gentils et des gens cruels partout, avant de lui expliquer le sens du mot « cruel ». En son for intérieur, Roni considérait que la cruauté se déguisait en intolérance ou en dogmatisme, défauts dont personne n'était complètement affranchi. Pas même lui.

Youval appréhendait le moment où son père devait le raccompagner à la maison des enfants avant de le quitter pour la nuit, vers dix-neuf heures trente. Au lieu de le supplier de rester, il fila aux toilettes. Ne le voyant pas revenir, son père s'y rendit à son tour et le découvrit assis sur le couvercle rabattu, son pouce à la bouche, son canard en plastique délavé au bec rouge décoloré, un œil légèrement enfoncé dans son orbite, serré sur son cœur.

— Youvali, il faut y aller, il est tard.

— Pas possible, papa. Il y a un grand loup dans les arbres par où on doit passer.

Ils mirent enfin leurs manteaux. Roni aida le petit garçon à enfiler ses bottes vertes et à nouer les liens de son bonnet sous son menton. Il ramassa un gros bâton derrière l'escalier pour repousser le loup et se mit en route, son fils perché sur ses épaules. Une main crispée sur le crâne de son père, l'enfant agrippait son canard de l'autre avec une telle force qu'il émettait une succession de couinements. En traversant le bosquet derrière le réfectoire, Roni fit avec le bâton de grands moulinets dans l'air moite en vue de chasser la bête. Le loup reviendrait quand les parents seraient endormis, déclara Youval après réflexion. Le veilleur de nuit allait le chasser, promit son père, mais le petit garçon n'était pas convaincu, certain que le loup dévorerait aussi le gardien.

À leur arrivée à la maison des enfants, ils trouvèrent le radiateur électrique allumé dans la salle à manger et les petites tables dressées avec des assiettes garnies d'une tranche de fromage sur du pain, un demi-œuf dur, des rondelles de tomate, quatre olives et quelques cuillerées de cottage. Hemda l'éducatrice, une petite femme courtaude, un tablier blanc autour de la taille, s'assura que les bottes étaient parfaitement alignées près de la porte sous les manteaux suspendus aux crochets. Pendant que les parents allaient griller une cigarette dehors, les enfants dînèrent et débarrassèrent les tables que les adultes de service s'occupèrent de nettoyer.

Le repas terminé, les parents revinrent coucher les enfants. En pyjama de flanelle, les petits se massèrent autour des lavabos en chahutant, ils se débarbouillèrent la figure, se brossèrent les dents et se mirent au lit dans un joyeux tapage. Les parents disposaient de dix minutes pour leur raconter une histoire ou chantonner une berceuse avant de les quitter en leur souhaitant une bonne nuit. Hemda éteignit les lumières, à l'exception d'une veilleuse dans la salle de bains, et s'attarda quelques minutes en leur recommandant de se taire et de dormir. Après quoi, elle leur dit « bonne nuit », coupa le radiateur et s'en fut.

Sitôt qu'elle se fut éloignée, les enfants sautèrent du lit et, pieds nus, ils se pourchassèrent dans les chambres et la salle à manger en se battant à coups de bottes boueuses prélevées sur le tas rangé près de la porte. Déchaînés, les garçons se drapèrent dans leurs couvertures. « On est des Arabes ! À l'attaque ! » braillèrent-ils pour effrayer les filles. Tandis que les petites se serraient les unes contre les autres en hurlant, l'une de leurs camarades, Atida, partit remplir une bouteille d'eau pour asperger les assaillants.

Eviatar, un costaud aux larges épaules, mit fin à la bagarre.

« Hé, si on allait piquer le canard de Youvali-fait-pipi-au-lit ? proposa-t-il.

Youval s'était bien gardé de quitter son lit. Le visage contre le mur, il songeait au pays de la collection de timbres que son père appelait *Hatsarmavet*. Ce nom le terrifiait. Le terrain de jeux plongé dans l'obscurité sous la fenêtre, derrière le mur, était aussi un *Hatsarmavet*, croyait-il. Il tira la couverture sur sa tête en étreignant son canard en caoutchouc, conscient qu'il ne devait pas s'endormir ni pleurer. Les autres finiraient par se fatiguer et retourneraient se coucher, se dit-il en espérant qu'on l'oublierait. Sa mère était absente, son père parti retrouver ses amis au réfectoire, Hemda la puéricultrice avait disparu on ne savait où et *Hatsarmavet* se trouvait là, derrière la cloison, alors que la porte n'était pas verrouillée et le loup noir tapi dans le bosquet sur le chemin de la maison.

Tadmor, Tamir et Rinat arrachèrent sa couverture et la jetèrent par terre, pendant que Dalit entonnait la rengaine habituelle :

— Youvali-fait-pipi-au-lit-et-a-le-cerveau-ramolli !

— Il va se mettre à pleurnicher, fit Evitar. Allez, Youval, chiale un bon coup, juste pour nous faire plaisir, ajouta-t-il d'une voix doucereuse.

Youval se recroquevilla, les genoux repliés sur le ventre, la tête dans les épaules, cramponné à son petit canard qui couinait faiblement.

— Son canard est tout sale.

— Et si on le lavait ?

— Son zizi aussi est cracra, on va le nettoyer ?

— Aboule ton coin-coin, Youvali-fait-pipi-au-lit. Allez, donne, sois gentil.

Eviatar tenta de le lui arracher, mais le petit garçon le serrait contre sa poitrine en se débattant comme un beau diable. Tadmor et Tamir tirèrent sur ses bras tandis qu'il leur balançait de grands coups de pied. Rinat agrippa son pyjama et, pendant que Tadmor et Tamir lui écartaient les doigts de force, Eviatar lui arracha le jouet qu'il agita en l'air en dansant sur place.

— Le coin-coin abruti de Youvali est tout sali, scanda-t-il. On le passe à la Javel et on le jette à la poubelle.

Les larmes aux yeux, la morve au nez et au menton, Youval serra les dents pour ne pas pleurer. Il bondit hors du lit et se jeta sur Eviatar, beaucoup plus grand et plus fort que lui. Le garçon brandit le canard au-dessus de la tête de Youval en simulant l'effroi, il l'envoya à Tamir qui le transmit à Rinat, laquelle le passa ensuite à Tadmor. Mû par l'énergie du désespoir et la colère des faibles, Youval prit son élan et fonça tête baissée sur Eviatar qui, heurté de plein fouet dans l'abdomen, faillit s'étaler par terre. Dalit et Rinat hennirent de joie. Eviatar se redressa, l'écarta et lui balança un coup de poing dans le nez.

— Il faut lui apporter de l'eau, suggéra Dalit quand Youval s'effondra par terre en sanglotant.

— Arrêtez, dit Tadmor. Ça suffit. Il ne vous a rien fait. Laissez-le tranquille.

Eviatar alla chercher des ciseaux dans un tiroir de la salle à manger, coupa la tête du canard en caoutchouc, revint avec le corps dans la main droite, la tête dans la gauche et se pencha sur Youval, toujours vautré sur le sol.

— Tu peux choisir si tu veux, s'esclaffa-t-il.

Youval se releva et se fraya un chemin parmi les enfants massés autour de lui, il fonça à l'aveuglette vers la porte, l'ouvrit et s'enfonça dans *Hatsarmavet* plongé dans les ténèbres qui s'étendaient autour de la maison. Tremblant de froid et de peur, il détala en pyjama et nu-pieds dans la gadoue comme un lapin affolé, complètement trempé par la pluie qui dégouttait de ses cheveux mêlée à ses larmes coulant sur ses joues, il dépassa des bâtiments sombres et, en traversant le petit bois obscur jouxtant le réfectoire, il entendit les pas feutrés du loup noir qui le poursuivait, sentit son haleine sur sa nuque et redoubla de vitesse, le visage fouetté par le vent, il trébucha, tomba à genoux dans une flaque, se remit debout, ruisselant, couvert de boue, fila dans les cônes d'ombre entre deux lampadaires, il courait, secoué par de petits hoquets convulsifs, il courait, les oreilles gelées et douloureuses, il courait jusqu'à ce que, parvenu chez ses parents, il se laissât choir sur les marches du perron, hésitant à entrer de peur que, furieux, ils le renvoient chez les enfants. Tétanisé, transi, tremblant de tous ses membres, secoué de sanglots silencieux, c'est là que son père le découvrit en rentrant de sa soirée passée en compagnie des commères du kibboutz au réfectoire.

Roni souleva son fils dans ses bras, il le transporta à l'intérieur, lui ôta son pyjama mouillé, essuya la boue et la morve avec un gant et frictionna le petit corps glacé dans un drap de bain rêche pour le réchauffer. Il l'enveloppa ensuite dans une épaisse couverture et alluma le chauffage en le questionnant pour lui tirer les vers du nez. Il lui enjoignit de l'attendre près du poêle et ressortit sous la pluie, courant à perdre haleine, fulminant de rage tandis qu'il gravissait l'allée à une allure folle.

En arrivant, les chaussures pleines de boue, il tomba sur Berta Brom, la garde de nuit. Elle essaya de lui dire quelque chose qu'il ne put ni ne voulut entendre. Sourd, aveuglé par la colère et le désarroi, il se rua dans la chambre de Youval, alluma la lumière et se courba pour tirer du lit un gentil gamin nommé Yaïr, il le releva et lui allongea des gifles retentissantes qui le firent saigner du nez, lui cognant la tête contre le mur encore et encore en proférant d'une voix rauque : « Vous ne perdez rien pour attendre ! Le premier qui touche encore à Youval, je le tue ! »

Berta la garde de nuit le tira par les épaules pour l'obliger à lâcher prise. L'enfant retomba sur son lit en poussant de petits cris perçants. « Tu es fou, Roni, complètement dingue ! » s'exclama-t-elle. Il la repoussa d'une violente bourrade en pleine poitrine avant de repartir en flèche dans la boue sous la pluie retrouver son petit garçon.

Le père et le fils dormirent dans les bras l'un de l'autre sur le canapé convertible. Le lendemain matin, ils restèrent à la maison. Roni n'alla pas travailler, il n'accompagna pas non plus Youval à la maison des enfants et se contenta de lui préparer une tartine de confiture et un chocolat chaud. À huit heures et demie, Yoav, le secrétaire du kibboutz, frappa à la porte et, la mine sombre, le prévint qu'il était convoqué au bureau le lendemain à dix-sept heures précises pour un entretien lors d'une réunion conjointe du comité social et du conseil pédagogique, chargé de la petite enfance.

Au déjeuner, les camarades de Roni s'installèrent sans lui à la table à palabres pour discuter de l'incident que tout le monde commentait depuis le matin. Ils se perdirent en conjectures sur son éventuelle réaction s'il s'était agi de quelqu'un d'autre. Un garçon si tranquille et plein d'humour capable d'une chose pareille, vous vous rendez compte? Prévenue par téléphone, Léa rentra de son stage vers quinze heures. Elle fit un crochet par la maison des enfants pour apporter à son fils des sous-vêtements chauds, des habits de rechange et des bottes. Après ce qui s'était passé, elle seule s'occuperait désormais de Youval, signifia-t-elle à Roni la bouche pincée, une cigarette à la main. Et elle avait décidé qu'il retournerait dormir à la maison des enfants cette nuit même, pour son bien, précisa-t-elle.

La pluie avait cessé, mais le ciel était chargé de gros nuages bas et un vent d'ouest froid et humide soufflait sans interruption. La pièce était enfumée de tabac. À dix-neuf heures trente, Léa mit à Youval son manteau et lui chaussa ses bottes. « Viens, on va se coucher. On ne te maltraitera plus. Ils se tiendront tranquilles. À partir de ce soir, la garde de nuit sera plus vigilante. »

Une fois seul, Roni se planta à la fenêtre et alluma une cigarette, le regard perdu dans l'obscurité. Léa s'en retourna à vingt et une heures. Elle s'installa sans un mot dans son fauteuil en rotin et s'absorba dans sa revue de pédagogie avec une cigarette.

— Je sors faire un tour, annonça Roni à vingt-deux heures. Je vais voir comment il va.

— Tu n'iras nulle part, répliqua Léa d'une voix égale.

Roni se ravisa. Il n'avait plus confiance en lui.

À vingt-deux heures trente, ils éteignirent la radio, déplièrent la banquette et préparèrent le lit avant de se coucher, chacun de son côté, car il fallait retourner au travail à six heures le lendemain matin. Il recommençait à pleuvoir. Poussée par le vent, une branche cognait obstinément contre les persiennes. Roni resta un moment allongé sur le dos, les yeux grands ouverts fixés au plafond. Il crut entendre siffler doucement dans le noir. Il se redressa, tendit l'oreille, mais ne distingua que la pluie, le vent et le frottement de la branche contre les volets. Il finit par s'endormir.

La nuit

En février, c'était au tour de Yoav Carni d'assurer les gardes de nuit du samedi au vendredi soir pendant une semaine. Comme il avait été le premier bébé du kibboutz, les fondateurs, y compris ses parents, ne cachèrent pas leur fierté quand, des années plus tard, il fut élu secrétaire — le seul né à Yikhat. Contrairement à ses camarades, de solides gaillards au teint hâlé, il promenait sa silhouette dégingandée un peu voûtée avec ses grandes oreilles, ses joues pâles, mal rasées, son air rêveur et méditatif. On aurait dit un érudit versé dans les Saintes Écritures. Il marchait la tête baissée comme pour vérifier où il mettait les pieds et regardait toujours pardessus l'épaule de son interlocuteur. Il administrait le kibboutz avec tact et diplomatie, n'élevait jamais la voix ni ne tapait du poing sur la table. Il était respecté pour sa probité, son obstination tranquille et sa générosité. Afin de combattre sa nature dont il avait un peu honte, il faisait preuve d'une intégrité scrupuleuse et était très à cheval sur les principes du kibboutz qu'il appliquait à la lettre. « Il n'en est pas question, le règlement est le règlement », répondait-il d'un ton sans réplique si vous lui demandiez un régime de faveur — un travail moins pénible ou des horaires allégés. En même temps, il cherchait discrètement la faille, le moyen de contourner la réglementation pour vous aider.

Quelques minutes avant vingt-trois heures, après avoir chaussé ses bottes, enfilé sa grosse parka militaire usée, un bonnet de laine enfoncé sur la tête jusqu'aux oreilles, Yoav alla récupérer le fusil auprès de Tsvi Provizor, le veilleur de nuit qu'il relevait.

— Tu connais la nouvelle ? fit tristement Tsvi le jardinier. Le Minnesota affronte la pire tempête de neige depuis quarante ans. On signale au moins dix-huit victimes et dix disparus.

— Je suis désolé de l'apprendre.

— Des inondations ont touché le Bangladesh. Et le rabbin Koupermintz est mort subitement il y a moins de deux heures à Jérusalem. On vient de l'annoncer à la radio.

Yoav faillit lui tapoter l'épaule, puis se ravisa, se rappelant que Tsvi n'aimait pas qu'on le touche. Il lui sourit affectueusement.

— Si jamais tu apprends une bonne nouvelle, n'hésite pas à venir me la dire, même au milieu de la nuit.

En le quittant, Yoav dépassa le bassin aux poissons rouges aménagé par Tsvi Provizor sur l'esplanade devant le réfectoire. Un vieux garçon reclus devait souffrir ici plus qu'ailleurs, car la société du kibboutz n'était certainement pas une panacée de la solitude, songea-t-il. Au reste, le principe même du kibboutz était incompatible avec la solitude.

Le fusil à la main, Yoav s'en fut effectuer sa première ronde autour du kibboutz. En longeant le quartier des vétérans, il éteignit les lumières superflues et arrêta un tourniquet d'arrosage qu'un distrait avait oublié avant de se coucher. Il vit un sac vide abandonné devant la baraque du coiffeur, le ramassa, le plia soigneusement et le déposa près de la grange.

Quelques fenêtres étaient encore éclairées, mais le kibboutz sombrerait bientôt dans le sommeil, à l'exception de la puéricultrice et de lui-même, les seuls à veiller jusqu'à l'aube. Un vent glacé agitait les épines des pins. Un faible meuglement s'éleva de l'étable. Les bâtiments des fondateurs étaient plongés dans l'obscurité — chacun comportait quatre deux-pièces exigus avec leurs meubles en contreplaqué, leurs plantes, leurs nattes et leurs rideaux de coton identiques. À une heure, Yoav irait vérifier la température de la couveuse des poussins et, à trois heures, il réveillerait les vachers pour la première traite. Le temps passerait vite.

Yoav appréciait ces patrouilles nocturnes qui rompaient la routine du quotidien : les discussions des comités du kibboutz, les requêtes et doléances de ses membres. Quand il ne recueillait pas les confidences d'hommes et de femmes beaucoup plus âgés que lui, il devait régler des problèmes sociaux délicats par des solutions avisées, affronter des casse-tête budgétaires, gérer les relations avec l'extérieur ainsi que la représentation du kibboutz dans les différentes institutions du mouvement. Ces nuits-là, en revanche, il déambulait seul au milieu des resserres et des poulaillers, longeait la clôture éclairée par des projecteurs jaunes et prenait le temps de réfléchir, assis sur une caisse retournée devant la ferronnerie. Ses pensées tournaient autour de Dana sa femme, allongée dans le noir avec la radio allumée en attendant le sommeil, et des jumeaux endormis dans la maison des enfants. D'ici une heure, il irait les border dans leurs lits et ferait peut-être un saut chez lui pour éteindre le transistor — ce que sa femme omettait généralement avant de s'assoupir. Dana n'aimait pas le kibboutz et rêvait d'ailleurs. Elle l'avait maintes fois supplié de partir. Mais Yoav, homme de principe qui se battait pour améliorer les conditions d'existence du kibboutz, ne voulait pas en entendre parler. Malgré tout, il était conscient que la conception de la société en usage au kibboutz était fondamentalement injuste envers les femmes, cantonnées pratiquement sans exception aux travaux subalternes — la cuisine, le ménage, les soins aux enfants, la lessive, la couture et le repassage. Censées jouir d'une complète égalité, elles ne le pouvaient qu'à condition de se comporter comme des hommes et de s'efforcer de leur ressembler : on leur interdisait de se maquiller et elles devaient camoufler leur féminité. Yoav, qui jugeait cette situation parfaitement inique, l'avait examinée sous toutes les coutures sans trouver de solution. C'était probablement la raison pour laquelle il se sentait coupable envers Dana auprès de qui il aurait voulu se confondre en excuses.

La nuit était froide et claire. Le chant des grenouilles

ponctuait le silence. Un chien aboya au loin. En levant les yeux, il vit les nuages s'amonceler au-dessus de sa tête. Ce qui semblait important ne l'était pas, et il n'avait pas le loisir d'approfondir ce qui l'était vraiment. Les années passaient sans qu'il prenne le temps de méditer sur les choses de la vie, les capitales comme les ordinaires : la solitude, la nostalgie, le désir et la mort. Les hurlements des chacals déchirèrent le profond silence. Yoav les accueillit avec gratitude. Il n'était pas croyant, mais dans les moments de solitude et de complet silence, tel cet instant, il avait l'impression que quelqu'un l'attendait, jour et nuit, patiemment, sans un mot ni un geste, pour l'éternité.

Le fusil en bandoulière, il marchait à pas lents entre les chambres froides et le hangar à fumier quand une mince silhouette emmitouflée dans un manteau se découpa sur les ombres des murs avant de se dresser devant lui.

— N'aie pas peur, Yoav, articula une voix féminine un peu rauque, profonde et mélodieuse. C'est moi. Nina. Je te guettais. J'étais sûre que tu passerais par là. J'ai quelque chose à te demander.

Yoav recula, les yeux plissés dans le noir, il saisit Nina par le bras et l'entraîna sous le lampadaire le plus proche en lui demandant si elle avait froid, s'il y avait longtemps qu'elle l'attendait. Nina était une jeune femme déterminée. Elle avait des yeux verts ombragés de longs cils, une bouche mince et bien dessinée. Son front luisait dans l'obscurité sous ses cheveux blonds, coupés court.

— Dis-moi ce que tu ferais, Yoav, si tu devais vivre et

dormir tous les jours et toutes les nuits que Dieu fait avec quelqu'un qui te dégoûte. Depuis des années. Ses discours, son odeur, ses plaisanteries, sa façon de se gratter, ses hoquets, ses toussotements, ses ronflements, ou quand il se cure le nez. Tout ce qu'il fait. Comment réagirais-tu ?

Yoav lui posa une main sur l'épaule.

— Raconte-moi exactement ce qui se passe, Nina.

À la lueur du réverbère, il nota ses traits pâles et tendus, le regard harassé qu'elle dardait sur lui, ses yeux secs.

— Rien, dit-elle, les lèvres pincées. Il s'en prend même à la speakerine, à la radio. Je ne le supporte plus, ajouta-t-elle après une pause.

— Ça ne peut pas attendre ? On en reparle demain à mon bureau, tu veux ? Tu sais, on a tendance à tout dramatiser la nuit pour voir les choses plus sereinement le lendemain matin.

— Je ne retournerai pas vivre avec lui. Ni cette nuit ni jamais. Trouve-moi un endroit où dormir cette nuit, Yoav. Une baraque, une remise, n'importe quoi. Il y a bien une chambre libre quelque part, non ?

— Dis-moi ce qui s'est passé.

— Il n'y a rien à dire. Je n'en peux plus, c'est tout.

— Et les enfants ?

— Je les verrai l'après-midi à leur retour de la garderie. Dans l'appartement que tu m'auras attribué.

Yoav ressentit un certain malaise à discuter avec Nina sous le halo glauque du lampadaire dans l'étroit passage entre la chambre froide et le hangar à fumier. Les mauvaises langues se déchaîneraient le lendemain si on les surprenait disant des messes basses au milieu de la nuit.

— Nina, je suis désolé, mais je ne peux rien faire pour toi maintenant, déclara-t-il d'un ton ferme. Je ne cache pas de chambres dans ma poche, tu sais ? Et puis ce n'est pas moi qui suis chargé du logement. Le comité devra débattre de la question. En plus, je suis de garde. Va vite dormir, s'il te plaît. On finira par trouver une solution demain.

À peine avait-il fini de parler qu'il se ravisa aussitôt.

— Bon, d'accord, accompagne-moi au bureau. On va chercher la clé du studio réservé aux conférenciers. Tu pourras y passer la nuit. Pour le reste, on verra demain. Et j'irai aussi parler à Avner.

Elle avança d'un pas, saisit sa main entre les siennes et la colla contre sa poitrine. Yoav se troubla et rougit dans l'obscurité. Nina était une femme désirable, l'objet de ses fantasmes les plus secrets. Il en était tombé amoureux à dix-sept ans sans oser se déclarer. Adolescent, il était timide et introverti, et Nina attirait les garçons les plus séduisants. Aujourd'hui encore, malgré le pli amer à la commissure de ses lèvres, sa lassitude, son corps marqué par le temps, elle était toujours très belle. À la surprise générale, elle avait épousé Avner Sirota à qui elle avait donné deux fils. Son mari était fort en gueule, bagarreur, la tête ronde et velue sur un cou trop court avec de gros bras de boxeur. Il craignait un peu Nina, à croire qu'elle détenait un secret honteux le concernant. Ce qui ne l'empêchait pas de courtiser les lycéennes dans son dos, comme si c'était une plaisanterie de mauvais goût. Il témoignait une tendresse un peu brusque à ses deux petits garçons qu'il incitait à chahuter avec lui sur la pelouse, les soirs d'été. Et il n'arrêtait pas de déblatérer sur la politique de sa voix éraillée, vilipendant les ministres du gouvernement, une bande de fossiles, de vraies mauviettes. Si avec ses copains parachutistes il avait carte blanche pendant un mois, répétait-il à qui voulait l'entendre, rien qu'un mois pour traiter les Arabes comme ils le méritaient, la paix et la tranquillité régneraient depuis longtemps dans ce pays. Campé sur l'esplanade devant le réfectoire, ou dans l'une des allées du kibboutz, il pérorait interminablement, une cigarette à la main, tandis que, les yeux baissés, Nina patientait en silence à ses côtés. Quand elle n'en pouvait plus, elle lui frôlait le dos de la main.

— Ça suffit pour aujourd'hui, Avner, décrétait-elle d'une voix basse, catégorique. On y va.

Il interrompait aussitôt son laïus et la suivait docilement. Roni Shindlin les surnommait la petite Gitane et son ours dansant.

— Avner ne risque pas de s'inquiéter ? s'enquit Yoav.

— Il dormait quand je me suis rhabillée pour sortir.

— Et s'il se réveillait et découvrait que tu n'es pas là ?

— Il ne se réveillera pas. Ça ne lui arrive jamais.

— Et demain matin ? Tu lui as laissé un mot ?

— Pour quoi faire ? Quand il se lèvera, il pensera que je suis partie travailler très tôt. C'est à peine si on se parle.

— Et après ?

— Après ? Je ne sais pas.

— Il y aura des histoires à n'en plus finir. Les discussions iront bon train. Le kibboutz sera en effervescence.

— Ça m'est égal.

Yoav eut l'envie subite de serrer son corps frêle contre lui, déboutonner son manteau et l'attirer à lui, ou au moins lui effleurer la joue. L'envie était si irrésistible qu'il tendit impulsivement la main pour caresser l'air vibrant autour de sa chevelure. Il était glacé. Avec sa tête nue et ses souliers trop minces, elle devait avoir encore plus froid que lui.

— Allons-y, on va essayer de te trouver quelque chose pour cette nuit.

Nina — petit bout de femme aux cheveux coupés courts — le suivit d'un pas raide, légèrement en retrait car il marchait à grandes enjambées. Il était si grand que son ombre dominait la sienne. Ils dépassèrent la lingerie et la cordonnerie. L'air glacé sentait la terre humide et la fiente de poulet. Des nuages bas et obscurs s'amoncelaient au-dessus des toits dans le ciel sans étoiles. Yoav passa mentalement en revue les problèmes qui l'attendaient le lendemain et les jours suivants : Tsheshka sollicitait la permission d'aller rendre visite à sa famille en Europe; Tsvi Provizor réclamait une nouvelle tondeuse à gazon; mémé Slava avait mordu une des filles qui l'aidaient à la cuisine; Roni Shindlin s'était introduit dans la maison des enfants pour frapper un gamin de cinq ans; David Dagan avait quitté Edna Asherov; il fallait remplacer d'urgence le matériel de la clinique dentaire; et maintenant, il devait en plus s'entretenir avec Avner pour voir si l'on pouvait recoller les morceaux, si c'était une crise passagère ou s'il allait avoir encore une famille brisée sur les bras.

Nina était de trois ou quatre ans sa cadette. Enfant, elle l'impressionnait déjà par son esprit d'indépendance et son opiniâtreté. Une petite orpheline que son grand-père avait envoyée suivre sa scolarité chez nous, au kibboutz. Dès le premier jour, elle n'avait pas cédé et son obstination muette forçait le respect. Lors des réunions, elle était souvent la seule, ou presque, à s'inscrire en faux contre l'opinion générale. Après son service militaire, elle s'était portée volontaire pour encadrer un groupe de jeunes délinquants dans des zones défavorisées. Quand elle revint, elle accomplit de telles prouesses au rucher dont elle s'occupait seule que les apiculteurs des kibboutz voisins venaient lui demander conseil. Lorsque ce fut son tour d'aller à l'université, elle opta pour un diplôme d'assistante sociale, contrairement à la décision de l'assemblée générale du kibboutz de l'envoyer étudier à l'École normale de puériculture. Nina prit la tête des femmes qui s'insurgeaient contre les dortoirs communs, exigeant que les jeunes enfants dorment désormais chez leurs parents. L'assemblée générale ayant catégoriquement refusé, Nina prit le parti de porter chaque année la question à l'ordre du jour jusqu'à ce qu'elle remporte la majorité des voix.

Deux ou trois mois après l'arrivée dans notre kibboutz d'une unité de parachutistes du Nahal, la jeunesse pionnière combattante, elle jeta son dévolu sur Avner Sirota, le héros d'une opération de représailles contre Khirbet Jawad, et deux mois plus tard, elle tombait enceinte. Son choix surprit et déçut tout le monde. Ce qui ne l'avait pas empêchée de gagner l'estime générale parce qu'elle savait écouter avec tact et gentillesse et était toujours prête à offrir son aide à sa manière discrète. Quand Boaz quitta Osnat du jour au lendemain pour emménager chez Ariella Barash, par exemple, Nina s'employa à réconforter Osnat chez qui elle s'installa durant quelques jours. Elle accepta de remplacer les filles qui refusaient la corvée d'épluchures en compagnie de mémé Slava sous la terrasse, derrière la cuisine. Yoav ne s'en était encore ouvert à personne : lors de la prochaine assemblée générale, il pensait sérieusement soutenir la candidature de Nina au poste de secrétaire pour le remplacer à la fin de son mandat. Elle traversait probablement une mauvaise passe et verrait les choses autrement le lendemain matin. C'était une personne responsable et rationnelle. On ne détruisait pas sa famille pour la simple raison que votre mari ronflait la nuit ou ne cessait de polémiquer avec le speaker de la radio.

Ils franchirent l'esplanade illuminée par de rares réverbères devant la salle à manger, contournèrent le bassin aux poissons rouges et ils s'apprêtaient à longer le jardin d'enfants endormi quand Tsipora la garde de nuit surgit devant eux. Âgée d'environ cinquante-cinq ans, anguleuse, toute ratatinée, elle était d'avis que les jeunes mèneraient le kibboutz à sa perte. Si elle était surprise de voir l'époux de Dana Carni traverser la pelouse en compagnie de la femme d'Avner Sirota au milieu de la nuit, elle n'en montra rien.

— Je ne voudrais pas vous déranger mais..., commença-t-elle avant de leur proposer une légère collation dans la cuisine des petits.

— Non, merci, fit Nina.

Très gêné, Yoav bredouilla une vague explication à propos d'une question que Nina et lui devaient régler d'urgence. Cela ne servirait à rien, il le savait. Dès le lendemain matin, grâce à Tsipora, la rumeur se répandrait comme une traînée de poudre jusqu'à la table de Roni Shindlin et sa bande de bonimenteurs au réfectoire : vous voulez savoir sur qui il veille notre veilleur, la nuit ?

— On va chercher quelque chose au secrétariat, annonça Yoav à Tsipora.

— Demain, tout le monde en parlera, le kibboutz entier, reprit-il quand elle fut hors de portée.

— Personnellement, je m'en moque mais je suis navrée pour toi.

— Et Avner ?

— Il peut bien être jaloux, ça m'est égal.

— Je t'accompagne au studio. Après quelques heures de sommeil, on aura les idées plus claires et on en reparlera à tête reposée.

— Je n'ai jamais eu les idées plus claires qu'en ce moment.

Yoav alluma la lumière de son bureau et constata que la clé du studio ne se trouvait pas sur le panneau. Il l'avait confiée à l'officier de l'armée de l'air venu rencontrer les nouvelles recrues cet après-midi-là. Il passait la nuit à Yikhat, se rappela-t-il soudain.

Yoav dévisagea Nina qui le toisa de son regard vert, perçant, comme pour dire : étonne-moi. Ils étaient immobiles, tout près l'un de l'autre dans la pièce meublée de deux tables flanquées de chaises ordinaires, outre un banc rembourré, un fichier métallique rempli de dossiers et, au mur, une vue aérienne détaillée du kibboutz entouré de champs. Yoav détourna la tête, non sans remarquer autour de ses yeux las et de sa lèvre supérieure de fines rides qu'il ne lui connaissait pas. Il nota le contour délicat de son menton, la coupe stricte de ses cheveux blonds. Elle avait l'air forte, déterminée, inflexible, n'ayant apparemment pas besoin de protection. Dommage qu'elle ne soit pas effondrée, complètement anéantie, regretta-t-il in petto. Il se retint à grand-peine de l'étreindre entre ses bras, pour sentir sa tête peser sur sa poitrine. Il lutta contre l'élan de tendresse, l'indicible émotion qui le submergeaient car il ne s'agissait pas d'affection paternelle. En fait, il ne s'agissait pas d'affection du tout.

— Tu peux dormir sur ce banc, indiqua-t-il. Ce n'est pas très confortable, mais je n'ai rien de mieux à t'offrir pour l'instant. Veux-tu un peu de thé ? Il y a une bouilloire, des tasses et même des biscuits. Je vais chercher une couverture et un coussin.

— Pas la peine, merci. Je ne dormirai pas. Je ne suis pas fatiguée. Je vais juste m'asseoir là jusqu'à demain matin, si tu permets.

Yoav alluma le radiateur électrique et brancha la bouilloire avant de s'absenter une dizaine de minutes. À son retour, chargé d'un coussin et deux couvertures de laine, il constata que Nina s'était préparé du thé sans chercher à savoir s'il en voulait aussi. Il s'arrêta sur le seuil, indécis, ses joues émaciées rouges de confusion, tiraillé entre l'envie de s'attarder et la certitude qu'il devait se retirer en ajoutant quelque chose, mais quoi ?

— Merci, dit Nina en lui effleurant le bras du bout des doigts. Je partirai un peu avant six heures demain matin pour aller à la ruche, comme d'habitude. Personne ne sera encore là et je remettrai tout en ordre, ne t'inquiète pas. On ne saura pas que j'ai passé la nuit ici, ajouta-t-elle comme si elle lisait dans ses pensées.

Yoav haussa les épaules.

— D'accord ! Alors c'est tout pour le moment. Bonne nuit. Tu devrais quand même essayer de dormir un peu.

Il ferma la porte avec soin, remonta le col de son blouson, traversa le cantonnement des soldats et s'engagea à grands pas sur l'allée boueuse en direction de la poussinière pour régler la température, car il était déjà une heure du matin. Çà et là, il apercevait au bord du chemin un arbuste détrempé ou un cageot brisé en regrettant de ne pas avoir une lampe torche. Le vent forcit dans le froid mordant. En songeant aux vergers obscurs en cette nuit d'hiver, il lui prit l'envie de tout quitter, abandonner sa ronde pour une promenade solitaire parmi les arbres dénués de fruits. On l'attendait quelque part, il le sentait, quelqu'un se morfondait depuis des années, persuadé que Yoav avait beau temporiser, il finirait tôt ou tard par arriver. Un beau jour, il se déciderait enfin à mettre les voiles. Pour aller où ? Il n'en avait pas la moindre idée et redoutait presque de le savoir.

De retour du poulailler, il longea la clôture jusqu'à la

grille du kibboutz, le col remonté, son bonnet de laine vissé sur les oreilles, le fusil en bandoulière sur l'épaule. Il parvint devant la maison des enfants, entra pour border les jumeaux et les embrasser sur le front, puis passa de lit en lit pour border les autres à tour de rôle. Cela fait, il rentra chez lui, ôta ses chaussures à la porte et, sur la pointe des pieds, alla éteindre le transistor posé sur la table de chevet sans lequel sa femme ne pouvait dormir. Dana reposait sur le dos, ses boucles noires mollement étalées sur l'oreiller. Il remonta la couverture et, presque en s'excusant, effleura une mèche avant de repartir comme il était venu.

Il déambula le long de la palissade pendant près d'une demi-heure et, remarquant deux lampadaires grillés, il nota mentalement de le signaler le lendemain à Nahum Asherov l'électricien. Vers deux heures, une lune bosselée perça les nuages et il se mit à bruiner. Yoav se rendit à la cuisine des tout-petits pour prendre un café en compagnie de Tsipora. Il posa précautionneusement son fusil par terre et s'assit, engoncé dans son blouson qu'il n'avait pas ôté, son bonnet sur la tête. Tsipora lui servit du café noir avec deux tartines nappées de margarine et de confiture.

— Ton histoire avec Nina Sirota finira mal, Yoav, crois-moi.

— Il n'y a rien entre Nina et moi. Je l'aide à résoudre un problème épineux, c'est tout. Ici, le secrétaire est de corvée même au milieu de la nuit.

— Un homme marié qui se promène à une heure du

matin avec la femme d'un autre, ça va mal finir, s'entêta la puéricultrice.

— Tsipora, écoute-moi. Tu nous aideras à régler une situation familiale très compliquée si tu tiens ta langue et ne parles à personne de Nina et moi demain. Tu as suffisamment de jugeote pour comprendre qu'il faut être discret en certaines circonstances.

— Quelle situation familiale ? La tienne, la sienne ? La vôtre à tous les deux ?

— Tsipora, laisse tomber, s'il te plaît.

En repartant, il se dit qu'il avait gaspillé sa salive pour rien et que Nina et lui seraient sur toutes les lèvres le lendemain. Il devrait expliquer sa version des événements à Dana qui n'ignorait pas que son mari avait autrefois eu le béguin pour Nina. Il lui faudrait entrer dans des explications vaseuses et embrouillées.

Cinq ou six étoiles brillaient dans le ciel sombre teinté de pourpre où le vent emportait des nuages bas et obscurs. Le kibboutz dormait à poings fermés. Les projecteurs de la clôture formaient des flaques de lumière jaune sur le sol. L'un d'eux, sur le point d'expirer, vacillait comme en proie à l'incertitude. Yoav dépassa à pas lents les massifs ténébreux et contourna la grange, les souliers pleins de boue. Tu es complètement aveugle, obtus et sourd, songea-t-il accablé. Nina s'était penchée pour lui prendre la main et la presser contre son cœur lorsqu'il lui avait promis de lui trouver un endroit où dormir, se rappela-t-il. Il aurait dû saisir le message et la prendre dans ses bras. Elle lui avait donné un signal auquel il n'avait pas répondu. Et un second en lui frôlant le bras — il l'avait ignoré une fois de plus.

Ses jambes le portèrent devant le centre culturel et les dortoirs des enfants en direction du secrétariat, à côté de l'arrêt de bus. Il traversa la pelouse en face de la salle à manger. Comme en songe, il s'arrêta sous la fenêtre de son bureau. Se serait-elle assoupie sans éteindre la lumière ? Était-elle encore éveillée ? Il s'approcha sur la pointe des pieds pour regarder à l'intérieur. Nina était étendue sur le banc, enveloppée dans les couvertures de laine qu'il lui avait apportées, sa tête blonde reposant sur le coussin, les yeux béants rivés au plafond. Il risquait de l'effrayer en cognant à la vitre, ce qu'il ne désirait pour rien au monde. Son fusil sur l'épaule, il battit en retraite au milieu des cyprès. Une multitude de questions sans réponse se bousculaient dans sa tête.

Il pourrait frapper à la porte, entrer et déclarer qu'ayant aperçu la lumière il voulait vérifier si elle avait besoin de quelque chose. Ou bien : « Je suis venu m'assurer que tu n'avais pas froid. » Ou encore : « Je suis passé voir si tu avais envie de bavarder un peu. » Dire qu'elle était allongée de l'autre côté du mur, les yeux grands ouverts. Et si c'était lui qu'elle attendait, à deux heures du matin dans le kibboutz endormi ?

Il retourna se poster devant la fenêtre éclairée, son bonnet sur les oreilles, la tête légèrement en avant, ses lunettes accrochant la lumière dans le noir. Un élan irrépressible le poussait vers elle, mais ses pieds s'enracinaient dans le sol. Peut-être s'était-il préparé à cet instant depuis toutes ces années ? Pourquoi alors, au lieu de céder à l'audace et à la passion, avait-il le cœur gonflé de tristesse ? Il contourna sans bruit le bâtiment et se planta devant la porte, les sens en éveil, mais il ne perçut que les aiguilles de pin bruissant sous le vent. Il s'affala sur les marches du perron, enfonça son bonnet sur ses oreilles et patienta, immobile. Il resta là près d'une demi-heure. Il était sur le point de comprendre quelque chose, il le pressentait, quant à savoir de quoi il s'agissait, il n'en avait aucune idée. Le cri d'un chacal s'éleva dans la nuit noire, d'autres lui répondirent en écho du côté du verger. Yoav leva son fusil, le doigt sur la détente, résistant à la tentation de lâcher une rafale en l'air pour briser le silence.

À trois heures et demie, il se releva et partit secouer les vachers en vue de la première traite. Après quoi, il procéda à une dernière inspection de la clôture, traversa le terre-plein et retourna à la salle à manger brancher la bouilloire électrique pour les lève-tôt. L'aube poindrait vers six heures et son tour de garde s'achevait à cinq. Il devait à présent passer de maison en maison réveiller les camarades dont les noms figuraient sur sa liste. Inutile d'attendre le lever du soleil caché derrière d'épais nuages. Il allait rentrer, se doucher, s'allonger, fermer les yeux et tenter de dormir. Il y verrait peut-être plus clair demain, enfin, aujourd'hui.

Deir Ajloun

Un jour de canicule, un ciel bas, gris et sale pesait sur nos têtes comme si le désert s'était déversé sur les toits de nos petites maisons. La poussière fine en suspension dans l'air, mêlée de sueur, nous collait au front et aux bras, telle une couche de plâtre blanchâtre et visqueux. À la pause-déjeuner, Henia Kalisch, veuve, la soixantaine, ôta sa tenue de travail, passa sous la douche et resta un long moment sous le jet froid. Deux plis d'amertume encadraient ses lèvres crispées. Elle avait le corps fin et anguleux d'un adolescent, les jambes striées de varices bleues et roses. L'eau chassa la poussière et la revigora sans dissiper son malaise pour autant. Elle s'étrilla furieusement avec une serviette, renfila sa chemisette grise, son pantalon bleu marine et s'en alla d'un pas décidé reprendre son travail à la cuisine du kibboutz. Elle envisageait de s'entretenir avec Yoav Carni le secrétaire, David Dagan le professeur, Roni et Léa Shindlin, ainsi que quelques autres membres influents afin de se ménager leur appui en prévision du vote qui aurait lieu au cours de l'assemblée générale du samedi soir.

— Ils ne te rateront pas si tu soulèves la question à l'assemblée, déclara Bronia, alors qu'en nage, assises face à face sur des tabourets sous la terrasse située derrière la cuisine, elles épluchaient et éminçaient des légumes qu'elles jetaient au fur et à mesure dans une grosse marmite.

— Mais le kibboutz y trouvera son compte, protesta Henia. On pourra réduire la liste des jeunes qui attendent leur tour pour s'inscrire à l'université.

— Ton Yotam ne bénéficie d'aucun régime de faveur. Comme tout le monde ici. À l'exception des privilégiés.

Henia repoussa le tas d'épluchures avant de s'attaquer à un nouveau cageot de légumes.

— J'espère que toi au moins tu voteras pour mon fils samedi soir, risqua-t-elle, histoire de tâter le terrain. Tu ne nous laisseras pas tomber, dis ?

— Ah bon ? Et pourquoi je le ferais ? Quand mon Zelig a voulu travailler à la vigne, il y a six ans, vous l'avez soutenu, peut-être ? Tout le monde était contre lui. Les hypocrites comme les parangons de vertu. En revanche, vous n'aviez que des éloges à la bouche lors de son enterrement !

— La marmite est pleine, il faut en prendre une autre, constata Henia. Ne t'inquiète pas, Bronia, j'ai une mémoire d'éléphant moi aussi. Une très très bonne mémoire.

Les deux veuves poursuivirent leur tâche dans un silence total, leurs couteaux étincelant au soleil.

À la fin de la journée, Henia Kalisch rentra chez elle, elle reprit une douche froide et lava ses cheveux gris.

Ensuite, elle s'habilla pour la soirée — un chemisier beige, une jupe de cotonnade unie et des sandalettes. Elle but un café, découpa deux poires en tranches rigoureusement égales, les mangea sans se presser, puis lava sa tasse et son assiette qu'elle sécha et rangea dans le placard. Les fenêtres et les persiennes étaient closes, les rideaux tirés pour lutter contre la chaleur. Une bonne odeur de propre montait du carrelage lavé à grande eau dans la pièce obscure et fraîche. Elle n'alluma pas la radio, l'arrogance des journalistes l'agaçait — messieurs Je-sais-tout, comme si on pouvait tout savoir ! Les gens ne s'aiment plus. Au début de la fondation du kibboutz, nous formions une grande famille. Bien sûr, tout n'était pas rose, mais nous étions soudés. Le soir, on entonnait des mélodies entraînantes et des chansons nostalgiques jusque tard dans la nuit. On dormait dans des tentes et l'on entendait ceux qui parlaient pendant leur sommeil. Aujourd'hui, c'est chacun chez soi et on passe son temps à se bouffer le nez. Si vous êtes encore debout, on vous attend au tournant, et quand c'est la chute, tout le monde se précipite pour vous relever. Bronia est vraiment un monstre, elle mérite amplement ce sobriquet.

Henia rédigea mentalement une lettre à son jeune frère Arthur, un homme d'affaires prospère résidant depuis des années en Italie. Elle ignorait la nature de ses activités, sans doute de pièces détachées de machines servant à la fabrication d'armes, avait-elle conclu en mettant les choses bout à bout. En 1947, à la veille de la guerre d'Indépendance, la Haganah l'avait envoyé en Italie avec l'accord du kibboutz afin d'équiper les organisations clandestines et se procurer des engins pour la manufacture d'armement léger destiné à l'État en devenir. Après la guerre, il décida d'y rester, malgré la colère des membres du kibboutz et le blâme unanime adressé par l'assemblée générale, et il s'installa dans la banlieue de Milan où il se mit à tisser la trame de ses activités occultes. En 1951, il envoya à Henia une photo où il figurait avec sa nouvelle femme de quinze ans sa cadette — une Italienne à l'air doux et un peu mystérieux, les yeux dissimulés sous une épaisse chevelure brune, la joue dans la main. De loin en loin, il expédiait à sa sœur de menus présents.

Deux semaines plus tôt, Arthur lui avait écrit pour lui annoncer son intention d'encourager Yotam à étudier l'ingénierie mécanique à l'École polytechnique de Milan. Il pourrait s'installer chez eux — Lucia et lui possédaient une grande maison. Son frère s'engageait à payer les frais d'inscription de son neveu ainsi que les dépenses courantes pendant les quatre années de son cursus à Polytechnique. « Tu signaleras aux membres du kibboutz que, grâce à moi, ils économiseront beaucoup d'argent lorsque son tour viendra d'aller à l'université et qu'ils devront financer intégralement ses études, précisait-il. Ils pourront envoyer quelqu'un d'autre à sa place. Et tu viendras nous voir une ou deux fois par an, Henia, d'accord ? »

Un jour — Yotam avait dans les six ans —, Arthur avait débarqué sur une moto de la Haganah et emmené son neveu faire un tour dans les allées du kibboutz. Les autres enfants en avaient bavé des ronds de chapeau en le voyant juché derrière le dos puissant de son oncle qui sentait l'odeur âpre et délicieuse du tabac à pipe. « Dépêche-toi de grandir pour devenir un soldat », avait-il déclaré en le soulevant dans ses bras.

Yotam était un garçon de petite taille, râblé, le teint hâlé, avec une tête ronde à cheveux ras et des mains comme des battoirs. Une vague expression de surprise se peignait sur ses traits ingrats quand on lui adressait la parole, comme si les mots lui inspiraient stupeur et effroi. Avec sa dent de devant en moins et son corps de lutteur, il avait toujours l'air de chercher la bagarre. En dépit des apparences, c'était un grand timide, un taciturne, même s'il lui arrivait parfois d'assener telle ou telle affirmation. Au kibboutz, on le surnommait le philosophe car il était sorti un jour de son silence pour affirmer que l'homme était un animal à l'esprit tordu. Il y avait plus de similitudes que de différences entre les êtres humains, les règnes animal, végétal et minéral, avait-il déclaré un soir pendant le dîner au réfectoire. Yotam Kalisch avait effectivement une certaine ressemblance avec un cageot ou un carton d'emballage, susurra Roni Shindlin dans son dos.

Yotam travaillait au verger depuis la fin de son service militaire, six mois environ avant le courrier de son oncle Arthur. Ce jeune homme nonchalant n'était pas un bourreau de travail, mais il impressionnait ses camarades par sa force physique et sa bonne volonté, toujours prêt à faire des heures supplémentaires en cas de besoin. Il atermoya deux ou trois jours après la réception du courrier avant de déclarer à sa mère d'une voix basse, comme s'il se sentait coupable :

— Oui, à condition que le kibboutz me donne son accord.

— Ce sera dur d'obtenir la majorité de l'assemblée à cause de l'envie et de la jalousie des uns et des autres, rétorqua sa mère.

— Dommage que les riches oncles d'Italie soient une denrée rare de nos jours, déclara Roni Shindlin à ses commensaux. Cela ne nous ferait pas de mal si tout le monde en avait un. On pourrait envoyer les jeunes à l'université à leurs frais, et le tour serait joué.

Quant à David Dagan le professeur, il prévint Henia qu'il s'opposerait à la demande de Yotam pour trois raisons. Primo, en partant du principe que les jeunes gens, garçons et filles sans exception, avaient l'obligation de travailler au kibboutz trois ans au moins après leur service militaire. Ensuite seulement ils pouvaient envisager de fréquenter l'université. Sinon il n'y aurait bientôt plus personne pour traire les vaches. Secundo, les cadeaux offerts par des parents riches portaient un sérieux coup à l'idée d'égalité. Et tertio, les jeunes entamant une formation supérieure devaient étudier une discipline utile à la société et au kibboutz. Qu'avions-nous à faire du génie mécanique ? Avec deux garagistes, la présence d'un professeur diplômé était superflue.

Henia s'efforça de l'amadouer, arguant du droit naturel de la jeunesse à l'épanouissement personnel. Sans résultat.

— L'épanouissement personnel, l'abrutissement consensuel, oui, c'est une plaisanterie ! ricana David Dagan. Attends, on va tirer les choses au clair : si chacun d'entre nous, sans exception, ne fait pas ses huit heures, six jours sur sept, il n'y aura bientôt plus de kibboutz du tout.

Ce soir-là, Henia passa voir Yoav Carni le secrétaire et n'hésita pas à jouer cartes sur table : au cas où l'assemblée générale ne donnerait pas à Yotam l'autorisation d'étudier en Italie, comme le lui offrait son oncle, il s'en passerait purement et simplement. « Ça vous serait égal de le perdre ? Vraiment ? » Cet ultimatum était une idée d'Henia à qui son fils avait déclaré au contraire qu'il n'accepterait l'offre de l'oncle Arthur qu'avec la permission expresse du kibboutz.

— Que fais-tu là, Henia ? s'étonna Yoav. Pourquoi Yotam ne s'est-il pas déplacé lui-même ?

— Tu le connais. C'est un garçon renfermé, introverti. Il est prisonnier de ses inhibitions.

— S'il est capable de partir étudier en Italie sans connaître la langue, sans amis, il devrait avoir le courage de venir me parler au lieu d'envoyer sa mère.

— Je vais le lui dire.

— C'est ça. Seulement j'ai bien peur de le décevoir en ne lui disant pas ce qu'il a envie d'entendre. Je suis contre les initiatives individuelles et les fonds privés au kibboutz. Yotam devra s'armer de patience et quand son tour viendra, c'est au comité de l'éducation supérieure de décider en accord avec lui quelles études il suivra, quand et où. Le moment venu, si son oncle est toujours disposé à participer aux frais, nous en déciderons par un vote. C'est la règle. Dis-lui de venir me voir, je l'écouterai volontiers et lui expliquerai en détail comment ça marche, je te le promets. Yotam est sensible et intelligent, je suis certain qu'il se rangera à notre point de vue et changera d'avis.

Le parfum entêtant des plantes transpirant dans la moiteur ambiante envahissait le kibboutz tout entier. L'air poussiéreux stagnait sous le soleil ardent. Les ficus, les pins, les buissons de myrte, les bougainvilliers, les troènes, les pelouses, les parterres de roses plongés dans les ténèbres suffoquaient dans l'atmosphère surchauffée. De l'air bouillant charriait une odeur d'herbe brûlée depuis le village arabe en ruine de Deir Ajloun, au sommet de la colline. Sans doute des brasiers se consumaient-ils encore quelque part là-haut. À vingt et une heures, Henia entra sans frapper dans la chambre de son fils, située dans l'un des baraquements réservés aux soldats libérés, et lui annonça que l'assemblée de samedi soir rejetterait vraisemblablement sa requête. Ils choisiraient sans doute d'inviter l'oncle Arthur à financer le fonds dédié à l'éducation s'il tenait toujours à subventionner la scolarité des jeunes du kibboutz.

— Ce sont des fanatiques, envieux et jaloux, tous autant qu'ils sont, renchérit-elle.

— D'accord, fit Yotam. Merci. Tu n'aurais pas dû aller les trouver, ajouta-t-il après une pause. C'était inutile. De toute façon, la mécanique et moi, ça fait deux.

La nuit était opaque, remplie de poussière. L'air épais venu du désert stagnait sur le monde. Des moustiques bourdonnaient dans la pièce, deux ou trois papillons se heurtaient à l'ampoule nue, fixée au plafond. Le toit de tôle réfléchissait la chaleur diurne qui persistait malgré la fenêtre ouverte. La pièce comportait un lit métallique, une table en bois vert, une cantine dissimulée sous un rideau en guise d'armoire, une natte de chanvre posée sur le sol et trois tabourets de rotin. Un ventilateur électrique brassait vainement l'air dans un coin. Les ruines du village arabe de Deir Ajloun se profilaient par la fenêtre. La mère et le fils transpiraient à grosses gouttes. Le crâne rasé de Yotam, ses larges épaules, son dos massif et hâlé, moulé dans un maillot bleu, sa dent manquante de devant lui conféraient un air de violence larvée dont il était totalement dépourvu. Ses mains d'une taille invraisemblable reposaient lourdement sur ses genoux nus. Il était assis sur le lit défait, face à sa mère installée sur l'un des tabourets. Il lui proposa de l'eau fraîche d'un pichet rangé sous la fenêtre. Henia refusa d'un revers de main, comme pour chasser une mouche importune.

— Va voir Yoav. Je ne pense pas qu'il en résultera quelque chose, je viens de lui parler, mais cela vaut la peine d'essayer.

— Je n'irai pas, maman. Pas la peine. Ils ne me laisseront jamais partir. J'aimerais aller en Italie, reprit-il après un bref silence. Pas spécialement en Italie, finalement. N'importe où. De toute façon, la mécanique, ce n'est pas pour moi.

— Mais tu veux entreprendre des études, n'est-ce pas ? Or Arthur te propose d'assumer les frais.

— Je veux m'en aller d'ici quelques mois, voilà. Un an ou deux, peut-être. On verra après.

— Tu quitterais le kibboutz ?

— Je ne sais pas. Je n'ai pas dit ça. Je verrai. J'ai besoin de respirer, pour un moment en tout cas.

— Et Arthur, tu te souviens de lui ?

— À peine. Il disait des blagues à tout bout de champ. Je me rappelle aussi la fumée de sa pipe. Et les patins dont il m'avait fait cadeau — le comité pédagogique m'avait obligé à les partager avec mes camarades de classe. Je sais aussi que le kibboutz ne lui a pas pardonné d'avoir refusé de revenir pour rester en Italie.

— Gidéon ton frère a travaillé aux champs pendant trois ans quand il a terminé son service militaire, il s'est marié, a eu un enfant et a attendu que le kibboutz l'envoie faire des études d'agronomie à l'institut Ruppin. Mais toi, tu ne l'imiteras pas. Tu as la possibilité de partir maintenant, et c'est exactement ce que tu vas faire. On se fiche de la décision de l'assemblée. À ton retour, tu seras ingénieur et ils en crèveront de jalousie. À moins que tu ne reviennes pas du tout.

— J'étouffe ici, maman. Arthur m'invite, je veux partir. À condition que l'assemblée générale me donne son accord. Mais pas question d'étudier la mécanique.

— Ils n'accepteront jamais. Il y a de la méchanceté dans l'air.

Des relents âcres de pelures d'oranges en décomposition mêlés au purin provenant de l'étable flottaient dans la pièce. Un moustique malveillant vrombit tout près de l'oreille de Henia. Elle se gifla à toute volée pour l'écraser. En pure perte.

— Au fond, tu ne sais pas où tu en es, déclara-t-elle.

Va parler à Yoav demain. C'est un brave type. Vous finirez peut-être par trouver un compromis.

Yotam ne voulait pas discuter avec le secrétaire ni avec personne, d'ailleurs. Pas même avec sa mère. Il avait envie de prendre l'air. En début de soirée, il partait souvent se promener à Deir Ajloun, errant près d'une heure au milieu des décombres de la mosquée et de la maison dynamitée du cheik. Il revenait bredouille, les épaules tombantes, ne sachant ce qu'il était venu chercher. Il aspirait à retourner inspecter les ruines du village arabe abandonné, comme si quelque chose, une réponse simple, était enseveli sous les éboulis ou dans le fond ténébreux du puits bouché. Quelle était la question ? Il l'ignorait.

On pensait que Yotam Kalisch était amoureux transi de Nina Sirota, de cinq ou six ans son aînée, séparée de son mari depuis plusieurs mois. Un soir, à la fin de sa journée de travail au verger, muni d'une pioche, il était venu bêcher le petit jardin attenant au studio attribué par le comité de logement, à l'extrémité du lotissement numéro trois où elle avait emménagé après avoir quitté le domicile conjugal. On le voyait souvent faire le pied de grue devant la porte de la salle à manger et la suivre le long des allées jusqu'à ce que, découragé, il bifurque dans une allée latérale. Il ne lui adressait pratiquement jamais la parole, mais se rendait parfois à la menuiserie pour fabriquer de petits jouets en bois destinés à ses enfants. Dans ses grosses mains, on aurait dit des figurines miniatures. Et quand fut punaisée au tableau d'affichage, à l'entrée du réfectoire, la liste des volontaires prêts à travailler exceptionnellement le shabbat, Yotam attendit que Nina y inscrive son nom pour y ajouter à son tour le sien, pour le même samedi. Pourtant, il ne profita pas de l'occasion pour lui parler. Sauf une fois où il prit son courage à deux mains entre les pieds de vigne.

— Tu n'as pas trop chaud, Nina?

Elle sourit.

— Non, pas du tout, merci.

Elle était toujours ravie de le voir et, quand elle le rencontrait par hasard, ne manquait pas de lui demander de ses nouvelles, sans oublier sa mère ou son travail. En fait, elle réservait le même accueil chaleureux à tout le monde, y compris aux enfants, même en prononçant d'un ton enjoué des mots aussi simples que « Bonsoir », « Comment ça va? » ou « Quoi de neuf? »

— C'est reparti! commenta Roni Shindlin. Encore un cœur brisé. La chenille qui s'amourache du papillon.

On respectait Nina pour son indépendance d'esprit, sa tendance à naviguer à contre-courant. Elle était à la tête du parti des mères, de plus en plus influent, exigeant d'abandonner le coucher collectif des enfants qui pourraient dormir chez leurs parents. Cette idée ébranlait les fondements mêmes du kibboutz, estimaient David Dagan comme la plupart des doyens de notre communauté. Nina était l'élément subversif, un esprit contestataire au sein des assemblées générales. Il arrivait d'ailleurs que Yoav Carni le secrétaire la soutienne sur tel ou tel point au grand dam des conservateurs. Elle travaillait à la ruche dont elle avait fait l'un des secteurs les plus rentables du kibboutz Yikhat. Et elle se battait aussi pour que les hommes s'investissent davantage dans les tâches domestiques, telles que la cuisine, la lessive, les enfants, afin que les femmes puissent travailler aux champs. « Cette fille, elle ne sait que détruire », dit-on le jour où Nina quitta son mari. D'autres voix s'élevèrent : « Elle a décidé de devenir le chef de file de l'opposition au kibboutz Yikhat, ou quoi ? » Ou encore : « Mais pour qui elle se prend, celle-là ? »

Depuis la fameuse nuit où Nina Sirota avait intercepté Yoav Carni le secrétaire pendant son tour de garde, il régnait entre eux une tendresse contenue, une écoute mutuelle un peu crispée. Il lui demandait parfois son avis sur l'un des sujets à l'ordre du jour et, même s'il n'était pas toujours d'accord avec elle, il reconnaissait l'originalité de sa pensée, sa lucidité, son honnêteté. En début de soirée, un jeudi, il la découvrit assise sur un banc du parc, surveillant ses enfants qui jouaient dans le bac à sable. Il s'installa à sa gauche pour évoquer la chaleur et un problème dans la piscine. Après quoi, comme si elle lisait dans ses pensées, Nina aborda la réunion du samedi suivant où il serait judicieux de trouver une solution concernant le départ de Yotam en Italie. Le kibboutz l'enverrait à l'université un jour ou l'autre, de toute façon. Et puisque son oncle l'invitait, pourquoi ne pas avancer son départ, à condition qu'il opte pour une spécialité d'un commun accord avec le kibboutz et pas cette discipline parfaitement inutile choisie par Arthur ?

— Quoi, par exemple ? s'enquit Yoav.

— Véto. Nous avons des vaches, des moutons, des poules, sans oublier les animaux domestiques. Un vétérinaire vient de la ville au moins une fois par semaine. Yotam pourra faire ses études en Italie et à son retour à Yikhat avec son diplôme, rien ne l'empêchera de devenir le véto du kibboutz et des villages alentour. Pourquoi pas ? Je pense qu'il sera très bon dans ce métier.

Yoav haussa les épaules. Ce ne serait pas facile, mais on pourrait peut-être défendre l'idée, concéda-t-il. À condition que Yotam accepte d'attendre deux ans, quand son tour viendra.

— Un an ?

Yoav secoua la tête, il ouvrit la bouche, la referma, hésita.

— On peut essayer, admit-il enfin. Je lui en toucherai un mot. Le hic est que sa mère met une telle pression qu'elle a réussi à monter tout le monde contre lui. L'autre problème réside dans le fait que les vieux de la vieille en veulent à Arthur à cause de sa « désertion », pendant qu'il était en mission en Italie. Yotam a le béguin pour toi, n'est-ce pas ? Tu devrais peut-être lui parler, tu ne crois pas ?

— Je l'aime bien moi aussi, mais je ne pense pas qu'il apprécierait. Je le mettrais mal à l'aise. Non, c'est à toi de le convaincre. Il n'a pas d'amis, tu as remarqué ?

— Au kibboutz, on ne peut pas savoir. Nous sommes censés être tous des amis, mais ce n'est pas toujours le cas. Moi, j'en ai deux ou trois à tout casser, des personnes dont j'aime la compagnie même quand je n'ai rien à leur dire. Toi non plus, tu n'en as pas tellement, non ? remarqua-t-il, se retenant de confesser que, pour lui, le lien existant entre eux s'apparentait à de l'amitié.

— Dans dix ou vingt ans, nous serons plus tolérants, affirma Nina. Aujourd'hui, les ressorts sont si tendus que la machine vibre de partout. Les anciens pionniers sont en fait des croyants ayant abjuré la religion de leurs ancêtres pour en adopter une nouvelle, pleine de péchés, de fautes, d'interdits, de règlements inflexibles. Ils sont toujours pétris de dévotion, seulement ils ont troqué leur foi contre une autre. Marx incarne leur Talmud, l'assemblée générale la synagogue et David Dagan leur rabbin. J'imagine très bien certains d'entre eux avec barbe et papillotes et leurs femmes portant la perruque. Mais les temps vont changer et les hommes seront plus souples, en proie au doute, capables de patience et de compassion, comme toi Yoav.

— Tu te trompes complètement sur mon compte. J'ai moi aussi des principes dont je m'efforce de ne pas dévier. Vétérinaire, c'est peut-être une idée. En tout cas, ça lui ressemblerait mieux qu'ingénieur en mécanique. Oui, au fond, pourquoi pas ? Mais pas tout de suite. Dans deux ans, quand viendra son tour d'entrer à l'université. Je soumettrai cette suggestion à la réunion de samedi soir. Pas de mécanique et pas maintenant, mais véto dans deux ans.

— Un an ?

— Ce sera dur dur. L'assemblée va tourner au pugilat. David Dagan montera sur ses grands chevaux. Les vieux seront contre le principe de recevoir de l'argent de l'oncle Arthur qu'ils ne peuvent pas blairer, et les jeunes seront partagés. Je ne te cache pas que le problème sera particulièrement épineux, Nina.

Le samedi matin suivant, le jour où se réunissait l'assemblée générale devant décider du sort de Yotam Kalisch, David Dagan se rendit chez lui. Le garçon qui faisait la grasse matinée en tricot de corps et slip remonta le drap de ses énormes mains pour camoufler son érection matinale. David portait une chemisette bleu clair — une batterie de trois stylos dépassait de sa poche de poitrine —, sur un pantalon kaki impeccable. Avec sa large carrure, on aurait dit qu'il se tenait au garde-à-vous. Sa chevelure argentée était un peu en désordre, juste ce qu'il fallait pour ne pas paraître échevelée. Il salua Yotam d'un geste désinvolte — il avait été l'un de ses professeurs quelques années plus tôt — et se percha au bord du lit défait. Yotam marqua une légère hésitation, il ramassa par terre le pantalon de son bleu de travail, l'enfila en se tortillant sous le drap et se pencha pour actionner le ventilateur électrique. David ne le quitta pas des yeux le temps qu'il se redresse, puis il lui fit signe de prendre l'un des sièges en osier. Le garçon s'exécuta docilement.

— Je m'inquiète pour Henia, attaqua David d'entrée de jeu. Elle prend les choses trop à cœur. À cause de toi, elle se trouve en bien mauvaise posture par rapport à nos camarades.

Yotam contemplait la fenêtre sans rien dire.

— On m'a dit que tu fais du bon boulot aux champs.

Yotam garda le silence.

— Tu veux être ingénieur en mécanique ?

— Pas vraiment, mais…

— Mais tu suffoques ici et le vaste monde t'attire, compléta David sans point d'interrogation à la fin de sa phrase. Moi aussi, figure-toi. J'adorerais visiter Rome, Florence, Venise, Naples…

Yotam haussa les épaules, David lui posa une main sur le genou.

— Tous les Juifs de cette génération ayant vécu la Shoah et, quelques années après, la naissance de l'État d'Israël, doivent se mobiliser pour la cause. Ce sont les années les plus cruciales de l'histoire de notre peuple.

— Je n'en peux plus, voilà. J'étouffe.

David le considéra avec une curiosité affectueuse.

— D'accord, pars. Attends, on va tirer les choses au clair, ajouta-t-il aussitôt. Je proposerai à la réunion de ce soir de t'accorder un congé spécial de quinze jours, trois semaines, pour surmonter la crise que tu traverses. Tu iras chez ton oncle en Italie respirer un peu. À ton retour, tu repartiras aux champs avec des forces toutes neuves.

Yotam essaya de dire quelque chose, mais David l'interrompit, une main paternelle sur son épaule.

— Tu as jusqu'à ce soir pour y penser. N'oblige pas le kibboutz à vous fermer la porte au nez, à toi et à Henia surtout. Réfléchis tranquillement. J'espère que tu auras pris une décision d'ici ce soir.

À quatorze heures, alors qu'une chaleur de fournaise écrasait l'univers sous un ciel lourd, gris sale, Yotam quitta sa chambre, il emprunta l'allée bétonnée à travers le bâtiment numéro trois en direction des étables et des poulaillers. Il ne rencontra pas âme qui vive, à l'exception d'un chien assoiffé. Yotam ouvrit l'un des robinets du parc. L'animal se désaltéra à grand bruit en se mouillant la tête et le museau au passage. Puis il s'ébroua, projetant de l'eau partout, la langue pendante, la queue frétillante, et replia ses pattes avant comme pour se prosterner. Yotam le caressa distraitement avant de repartir entre la pelouse surchauffée et les arbres inertes ; il n'y avait pas un souffle de vent.

En passant devant chez Nina Sirota, il accéléra le pas, espérant qu'elle ne sortirait pas tout en priant pour que la porte s'ouvre — elle surgirait devant lui, ils parleraient de l'Italie et elle comprendrait. Même si, au fond, il n'avait pas idée de ce qu'il pourrait bien lui dire. Son séjour en Italie était sur toutes les lèvres. Ce soir-là, quand le secrétaire lui donnerait la parole, il devrait affronter trois cents regards courroucés braqués sur sa personne. Et il resterait planté là, sans voix. Que pourrait-il raconter à Nina si elle apparaissait tout à coup devant lui ?

De la nourriture pour le bétail s'entassait entre les étables, le sol était jonché de vieux pneus, bouts de ferraille, bidons de lait rouillés. Des fragments de journaux jaunis se retrouvaient piégés parmi les orties et les liserons envahissant les étables. Yotam longea les bâtiments et s'en fut dans les champs par la grille arrière du kibboutz, surnommée la porte du Dépotoir. Le chemin débouchait à droite sur des arpents cultivés et à gauche sur des vignes — sous l'effet de la chaleur, la poussière envahissait tout, s'infiltrait sous ses vêtements, se collait à sa peau poisseuse. L'air était figé, immobile. Yotam fit halte devant le cimetière, hésitant à se recueillir sur la tombe de son père emporté par une maladie des reins quand il avait onze ans. Au dernier moment, il changea d'avis et s'attarda cinq minutes sur un banc, à l'entrée. Son père, l'un des fondateurs du kibboutz, avait passé son existence avec les moutons. Il avait été grièvement blessé lors de la guerre d'Indépendance, la nuit où des hordes d'Arabes déferlant de Deir Ajloun et des villages voisins avaient assiégé et incendié le kibboutz Yikhat. Six semaines plus tard, la roue avait tourné, l'armée israélienne détruisit Deir Ajloun, ses habitants s'enfuirent dans les collines et les kibboutz des environs se partagèrent leurs terres. Arthur, quant à lui, avait défié l'assemblée générale, coupé les ponts avec le kibboutz et refusé de servir son pays à la fin de la guerre. Il menait sa vie à sa guise. Rien ne l'empêchait de faire la même chose, lui aussi, songea Yotam. D'après David Dagan, la génération de la Shoah et de la guerre d'Indépendance devait massivement se mobiliser pour la cause commune. Yotam ne trouvait rien à y redire, et la formule antique « L'homme, ses jours sont comme l'herbe » lui revint brusquement en mémoire.

Il se releva et marcha près de vingt minutes sur le sentier jusqu'aux collines, à travers champs, persuadé que la température serait plus supportable sur les hauteurs que dans la vallée. Mais les broussailles, les cactus épineux au bord du sentier, les talus d'éboulis arides réverbéraient la chaleur. Yotam était en nage, la gorge desséchée, les pieds souillés de sueur et de poussière dans ses sandales.

À quinze heures, alors que la terre et les pierres se consumaient sous le soleil implacable, Yotam atteignit enfin le village en ruine. Déambulant au hasard une quarantaine de minutes, il palpa les vestiges de la mosquée décapitée, se baissa pour ramasser le col brisé d'une jarre en terre cuite et contourna une meule à moitié enterrée dans le sol. Il arpenta des chemins envahis par des débris de poteries et des chardons. Un lézard apeuré fila entre ses jambes. Une légère odeur de fumée flottait dans l'air. Yotam ignorait d'où elle émanait, sans doute un feu de broussailles quelque part. Il parvint au puits abandonné dont les profondeurs exhalaient de vieux relents de charognes. Yotam s'assit sur le rebord et s'arma de patience, sans savoir ce qu'il attendait ni pourquoi. Il perçut les échos distants du kibboutz, des sons étranges, mélancoliques qui semblaient lui parvenir à travers l'épaisseur d'un mur : des chocs sourds, des cliquetis métalliques, des aboiements étouffés, le grondement enroué d'un moteur — un tracteur peinant à démarrer ? —, une voix qui s'égosillait, déformée par la distance et la réverbération du soleil. Il se pencha dans le puits, ne distingua que les ténèbres et crut entendre le murmure lointain de la mer, comme lorsqu'on approche un coquillage de son oreille. Il joua avec l'idée de s'en aller mener une autre vie, une existence sans comité, sans assemblée générale et toutes ces considérations sur le sort des Juifs. Nina Sirota voterait-elle contre lui ce soir-là, à l'instar de presque tout le monde? Au fond, Nina ni personne n'avaient aucune raison de l'appuyer, et lui-même d'ailleurs ne s'y risquerait pas s'il s'agissait de quelqu'un d'autre. La vraie question en somme n'était pas l'invitation de l'oncle Arthur, mais s'il aurait ou non le courage de quitter le kibboutz, sa mère, son frère, pour courir le monde avec une simple chemise sur le dos. Il n'avait pas de réponse. Des feuilles mortes et des ronces plein les vêtements, il se releva, brossa son pantalon, sa chemise, et se remit en route à contrecœur, luttant contre l'envie d'attendre là, l'esprit vide, immobile sur la margelle du puits au milieu des décombres.

L'espéranto

Un soir, Osnat, la voisine de Martin Vandenberg, lui rendit visite avec un plateau chargé de deux assiettes posées l'une sur l'autre et d'une tasse recouverte d'une soucoupe. Martin vivait seul et souffrait d'une affection respiratoire due à des années de tabagisme. Il passait ses après-midi à lire le journal sur sa petite terrasse, respirant de temps en temps avec un masque à oxygène relié à une bonbonne car ses poumons le lâchaient ; il s'en servait parfois aussi la nuit. Malgré cela, il se levait à six heures du matin pour aller travailler trois ou quatre heures à la cordonnerie, quand il était en forme. Il avait foi dans la valeur de l'effort physique. « Le travail est une nécessité morale et spirituelle », telle était sa devise.

— Je t'ai apporté quelque chose du réfectoire. Tu veux bien poser ton journal ?

— Merci, je n'ai pas faim.

— Tu dois manger. Au moins l'omelette et la salade.

— Tout à l'heure, peut-être.

— L'omelette va refroidir et la salade n'aura plus aucun goût.

— Exactement comme moi. Merci, Osnat, mais tu n'as vraiment pas besoin de t'inquiéter pour ma petite personne.

— Je ne vois pas qui pourrait le faire à ma place.

Osnat vivait seule depuis que Boaz l'avait quittée pour Ariella Barash, quelques mois plus tôt. En début de soirée, elle apportait à Martin son dîner sur un plateau car la montée jusqu'au réfectoire était au-dessus de ses forces et lui coupait le souffle. Il venait d'un autre kibboutz dont tous les membres étaient hollandais. Il avait décidé de partir pour des divergences de fond : on permettait aux survivants de la Shoah de déposer une partie des réparations de l'Allemagne dans des comptes bancaires personnels, alors que Martin, rescapé lui aussi, estimait que la propriété relevait du péché originel, le prix du sang des compensations allemandes en particulier.

C'était un homme coriace, aux opinions tranchées, maigre, les cheveux gris frisés pareils à de la laine d'acier. Il avait de petits yeux noirs, pénétrants, les sourcils épais, les joues émaciées, les épaules voûtées. Sa respiration était bruyante et sifflante à cause de son emphysème. Malade ou pas, il lui arrivait de fumer une demi-cigarette en bougonnant; il refusait de capituler. Dans sa jeunesse, il avait enseigné l'espéranto à Rotterdam mais, depuis son arrivée en Israël en 1949, il n'avait pas eu l'occasion d'utiliser cette merveilleuse langue. Son projet d'animer un petit groupe d'espéranto au kibboutz Yikhat ne s'était jamais concrétisé. Il croyait dur comme fer que les États ne devaient plus exister au profit d'une fraternité pacifiste internationale qui régnerait une fois les frontières abolies. Il s'était installé parmi nous avec l'intention d'apprendre la cordonnerie, et il excellait à réparer les souliers comme à confectionner des chaussures et des sandales pour enfants. Nous l'appelions le docteur cordonnier.

Au kibboutz, on le considérait comme un exemple de moralité. Lors des assemblées générales, il ne manquait jamais de nous rappeler dans quel but le mouvement du kibboutz avait été créé et quels en étaient les fondements idéologiques. On le trouvait un peu bizarre car, depuis le début, il n'avait jamais manqué un seul jour de travail. S'il était trop souffrant et devait garder le lit vingt-quatre ou quarante-huit heures, il travaillait le samedi afin de payer sa dette à la communauté. Il avait la ferme conviction que le monde ne tarderait pas à se réveiller et supprimerait purement et simplement l'argent, la source de tous les maux, la cause perpétuelle des guerres, des conflits et exploitations en tous genres. En plus, il était végétarien. Roni Shindlin, le clown de service, le surnommait le « Gandhi » de Yikhat. Deux ans auparavant, il s'était déguisé en Martin Vandenberg pour Pourim. Enveloppé dans un drap blanc, il remorquait une chèvre portant autour du cou une pancarte en espéranto : « Je suis un être humain moi aussi. »

— Je reste avec toi encore un moment si tu manges, proposa Osnat. Et je te jouerai deux ou trois airs avant que tu ailles te coucher.

— Je n'ai pas faim.

— Écoute, je te joue une chanson si tu manges la

moitié de l'omelette, deux si tu rajoutes quelques cuillères de yaourt, et je veux bien écouter une de tes petites conférences à condition que tu liquides la salade et le pain.

— Va-t'en. J'entends de la musique là-bas, les jeunes sont en train de danser, allez, vas-y. Bon, d'accord, tu as gagné, j'obéis, ajouta-t-il finalement. Je mange, tu vois ?

Osnat avait apporté sa flûte à bec, comme celle que l'on donne aux enfants de maternelle. Pendant toute la durée du repas, elle lui joua *Sur les rives du lac de Tibériade* et *On raconte qu'il y a un pays.* Martin avala un bout d'omelette et le yaourt, il fit la grimace sans toucher à la salade et au pain, et, avec l'aide d'Osnat, il absorba quelques gorgées du thé tiède qu'elle lui avait apporté du réfectoire. Par principe, il n'avait ni bouilloire ni tasse chez lui. Accumuler des biens était le drame de la société humaine, martelait-il. Nos possessions nous enchaînaient l'âme. Martin ne croyait pas davantage dans l'institution de la famille, car la cellule familiale, par sa nature même, dressait une barrière l'isolant de la société. C'était à la communauté et non aux parents biologiques d'élever les enfants, disait-il. Ici, tout appartenait au groupe, nous dépendions les uns des autres, et donc les enfants devaient être également à tout le monde.

L'appartement de Martin Vandenberg était d'une simplicité spartiate : un lit, une table, une grande caisse recouverte d'un rideau en guise de penderie, et une autre plus longue munie de pieds métalliques, qui servait de bibliothèque. Elle débordait de traités philosophiques et essais en six langues, quatre ou cinq romans en allemand, néerlandais et espéranto, plusieurs recueils de poésie, des dictionnaires et une Bible illustrée par Gustave Doré. Accroché au mur se trouvait le portrait de Lejzer Ludwig Zamenhof, l'inventeur de l'espéranto, l'idiome que tout le monde sur les cinq continents parlerait un jour afin de gommer les frontières entre les individus et les peuples pour permettre à l'univers de retourner au statu quo ante, avant la malédiction de la Tour de Babel.

Osnat mit Martin au lit et lui caressa le front d'une main légère. Elle alluma la veilleuse à son chevet et éteignit le plafonnier. Martin ne dormait pas allongé mais assis, la tête et les épaules soutenues par de larges oreillers afin de faciliter la respiration. Chaque nuit, il se dressait sur son séant pour trouver le sommeil, qu'il avait bref et entrecoupé. Osnat posa le masque à oxygène sur son nez, sa bouche, ses joues émaciées mangées d'une barbe de plusieurs jours. Elle remonta la couverture et lui demanda s'il avait besoin d'autre chose.

— Non merci. Tu es un ange. La nature de l'homme est initialement bonne et généreuse. Ce sont les injustices de la société qui le poussent à l'égoïsme et à la cruauté. Nous devons redevenir innocents comme des enfants.

— Les enfants sont des créatures gâtées, féroces et égocentriques, exactement comme nous, lança Osnat sur le pas de la porte.

Comme ni l'un ni l'autre n'avaient d'enfants, et qu'ils ne tenaient pas à finir la soirée en mauvais termes, ils se séparèrent en se souhaitant une bonne nuit sans rien ajouter pour ne pas envenimer la situation. Dès qu'Osnat eut tourné les talons, Martin tira un paquet de cigarettes de dessous ses oreillers, il en fuma la moitié d'une, écrasa le mégot dans un cendrier et enfila son masque à oxygène en maugréant, la respiration rapide et irrégulière. Adossé aux oreillers, il lut quelques pages de l'ouvrage d'un célèbre anarchiste italien professant que le principe d'autorité était contraire à la nature humaine. Il s'endormit dans cette position, le masque transparent couvrant le bas de son visage, la lumière allumée. Elle le resta jusqu'au matin, même si Martin considérait que le gaspillage était de l'exploitation et la frugalité un devoir moral. Seulement, il avait peur du noir.

Osnat emporta le plateau presque intact et le déposa sur les marches du perron ; elle le ramènerait à la cuisine tôt le lendemain en se rendant à la lingerie où elle travaillait. Elle décida de s'accorder une promenade le long de l'avenue bordée de cyprès, éclairée par les lampadaires du parc. Depuis que Boaz l'avait quittée pour emménager chez Ariella Barash, elle prêtait la plus grande attention à ce qui l'entourait ; les conversations des passants, les cris des oiseaux et des chiens. Au bout de quelques pas, il lui sembla que Martin l'appelait entre deux quintes de toux. Son imagination devait lui jouer des tours car, même si c'était le cas, elle était trop loin pour l'entendre.

Mémé Slava était affalée sur un banc au milieu de l'allée. Elle portait une ample robe de cotonnade et des sandales laissant voir ses orteils abîmés, déformés et rougis. C'était une veuve, une mère en deuil, crainte et redoutée de tous — on la traitait de sorcière et de monstre car elle rudoyait son monde et vous crachait à la figure quand elle était en colère.

— Je ne vois pas comment cette soirée étouffante et humide pourrait être bonne, lança-t-elle perfidement à Osnat qui lui souhaitait une bonne soirée.

De retour chez elle, Osnat se versa un sirop de citron et retira ses sandales. La plupart d'entre nous réclament davantage de chaleur et d'affection que l'on ne peut leur en donner, songea-t-elle pieds nus devant la fenêtre ouverte. Aucun comité ne parviendrait jamais à combler le déficit entre l'offre et la demande. Le kibboutz opérait des changements mineurs dans l'ordre social, mais la nature brutale de l'homme ne changeait pas. Les votes d'une assemblée ou d'une autre ne réussiraient jamais à éradiquer l'envie, la mesquinerie ou la jalousie.

Elle lava son verre, le posa à l'envers sur l'égouttoir, se déshabilla et se mit au lit. Une mince cloison la séparait de la chambre de Martin et, s'il toussait ou s'étouffait pendant la nuit, elle se réveillerait aussitôt, passerait un peignoir et se dépêcherait de lui porter secours. Elle avait le sommeil léger et était sensible au moindre bruit — l'aboiement d'un chien dans le noir, le cri d'un oiseau nocturne, la brise agitant les buissons. La nuit s'écoula sans encombre, uniquement troublée par les vents nocturnes s'infiltrant dans les ficus. À l'aube, une épaisse rosée tomba sur les pelouses éclairées par la pâle clarté de la lune projetant une lueur argentée sur les gouttes d'eau pâles.

Réveillée un peu avant six heures par les roucoulements des pigeons, Osnat se doucha, s'habilla, frappa à la porte de Martin pour s'enquérir de sa santé, elle ramassa le plateau de la veille et s'en fut à la lingerie. Martin se leva laborieusement et s'habilla avec lenteur, essoufflé par l'effort alors qu'il se penchait pour enfiler ses chaussures. Il but un peu d'eau et se rendit à la cordonnerie en poussant sa petite bonbonne d'oxygène dans la vieille poussette que le comité de santé lui avait attribuée. Il marchait en traînant les pieds, hors d'haleine, surtout dans les côtes. En croisant Nahum Asherov l'électricien non loin de sa boutique, il fit halte pour discuter quelques minutes de politique et du gouvernement de Ben Gourion. Pour Nahum, le gouvernement provoquait le monde entier avec ses raids de représailles, à quoi Martin répliqua que tous les gouvernements de la planète étaient inutiles, le nôtre doublement, car les Juifs avaient démontré à l'univers que l'on pouvait exister, voire s'épanouir sur un plan spirituel et culturel pendant des milliers d'années sans aucun gouvernement. En parlant, Martin alluma une cigarette entamée et s'étouffa au bout de deux bouffées. Il l'éteignit et glissa le mégot dans sa poche.

— Arrête, Martin, fit Nahum Asherov. Tu ne devrais pas fumer.

— On ne devrait pas dire aux autres ce qu'ils doivent faire ou ne pas faire, rétorqua Martin. Nous sommes tous nés libres mais nous nous ligotons les uns les autres de nos propres mains.

— Il faut être attentif aux autres, répliqua Nahum tristement.

Martin esquissa un mince sourire.

— D'accord, Nahum. Bien sûr que tu dois m'interdire de fumer, de la même façon que je ne peux pas m'en empêcher. Chacun d'entre nous fait ce qu'on attend de lui. Tout va donc pour le mieux.

Assis sur un tabouret dans son atelier où flottaient des relents de cuir, de cirage et de colle, Martin plaça la bonbonne d'oxygène sur une caisse près de lui et enfila son masque. Puis, armé d'un couteau pointu, il découpa une semelle gauche en suivant les marques préalablement dessinées au crayon sur un feuille de cuir. De temps en temps, il abaissait légèrement son masque pour avaler quelques gorgées d'eau tiède d'une petite bouteille, placée à ses pieds. Le travail nous renvoie à la simplicité et la pureté de la petite enfance, médita-t-il. Un vieil air espagnol lui revint en mémoire, l'hymne des soldats républicains pendant la guerre civile, qu'il se mit à fredonner à mi-voix.

Yoav Carni le secrétaire du kibboutz survint peu après huit heures.

— Je viens te déranger quelques minutes. On doit parler.

Martin débarrassa la caisse de la bonbonne d'oxygène qui l'encombrait, il la posa par terre devant lui et invita Yoav à s'asseoir.

— On manque de place ici. Installe-toi là.

Yoav obtempéra et Martin s'excusa de ne pouvoir lui offrir de café. Yoav le remercia, alléguant que ce n'était pas nécessaire. Aux yeux de Martin, Yoav était un jeune homme intègre, dévoué et modeste qui, comme la plupart de ceux de sa génération, manquait d'une vision globale sur le monde. Tous étaient des braves gens, honnêtes et travailleurs, mais aucun n'était assez passionné, prêt à lutter contre l'injustice sociale. À présent que les pionniers fondateurs avaient passé les rênes à Yoav et ses semblables, le kibboutz était condamné à sombrer lentement mais sûrement dans la petite-bourgeoisie. Et, bien entendu, les femmes seraient les catalyseurs de ce processus. D'ici vingt à trente ans, les kibboutz seraient devenus des cités-jardins peuplées de propriétaires vautrés dans les plaisirs matériels.

— Voilà, dit Yoav. Dernièrement, certains camarades sont venus me voir à ton sujet. Le comité de santé a envoyé Léa Shindlin pour me parler. Le médecin lui a dit que tu ne devais plus travailler à la cordonnerie, et nous sommes tous de cet avis. L'atelier manque d'air, les effluves de cuir et de colle sont nocifs et dangereux. Tu as assez travaillé, Martin, il est temps de prendre un peu de repos.

Martin retira son masque à oxygène, il tira de sa poche une moitié de cigarette froissée, l'alluma d'une main tremblante, inhala la fumée et s'étouffa.

— Et qui va me remplacer à la cordonnerie ? Toi, peut-être ?

— Nous avons quelqu'un en attendant : un nouvel immigrant originaire de Roumanie qui habite le camp de transit voisin. Il cherche du travail. Moralement parlant, Martin, nous devrions l'employer pour lui permettre de subvenir aux besoins de sa famille.

— Un salarié ? Encore un clou dans le cercueil du principe d'autonomie ?

— Le temps de trouver un membre pour te remplacer.

Martin écrasa consciencieusement sa cigarette sur son banc de cordonnier, il en secoua la cendre et rangea le mégot dans la poche de sa chemise. Il toussa et s'étrangla sans toutefois remettre son masque respiratoire. Une ironie mordante se peignit sur son visage hérissé de barbe grise.

— Et moi alors, je suis fichu? *Kaputt*? Bon pour la casse?

Yoav lui posa une main sur l'épaule.

— Tu voudrais m'aider au secrétariat une heure ou deux le matin? Tu pourrais t'occuper de la paperasserie, par exemple. Nous avons décidé de conserver dans un meuble les documents qui parviennent au secrétariat. Disons que ce sera l'amorce de nos futures archives. Tu classerais les dossiers dans le bureau. Ça te changerait des miasmes de ton atelier.

Martin Vandenberg attrapa un soulier maculé de poussière à la semelle trouée qu'il enfila avec soin sur le pied de fer, il enduisit l'intérieur de colle épaisse à l'âcre odeur, préleva une poignée de petits clous dans une boîte posée à côté de lui et fixa la semelle au soulier en cinq ou six coups de marteau rapides et précis.

— Comment peut-on priver un homme de son travail sous prétexte qu'il est en mauvaise santé? murmura Martin, comme s'il se parlait à lui-même. C'est un crime darwiniste inimaginable ici, au kibboutz.

— Nous nous faisons du souci pour toi, Martin, c'est tout. C'est pour ton bien. En fait, la décision vient du médecin, pas de nous.

Martin Vandenberg ne répondit pas. Sur sa gauche se trouvait une petite machine à coudre à pédale avec laquelle il recousait une sandale déchirée. Il piqua l'aiguille à deux reprises dans la lanière, renforça la couture à l'aide d'une petite agrafe métallique, puis rangea la chaussure réparée sur l'étagère derrière lui.

Yoav Carni se leva et remit délicatement la bonbonne d'oxygène sur la caisse où il s'était assis.

— Il n'y a pas d'urgence, bredouilla-t-il. Réfléchis-y, Martin. Nous insistons pour que tu considères notre proposition. Notre requête, plus exactement. Rappelle-toi que c'est pour ton bien. Et puis constituer des archives au bureau une heure ou deux le matin, c'est aussi du travail. N'oublie pas que le kibboutz a le pouvoir en cas de nécessité de transférer l'un de ces membres vers un autre poste. Prends ton temps, insista-t-il sur le pas de la porte d'une voix incertaine. Penses-y un jour ou deux à tête reposée.

Martin Vandenberg ne réfléchit pas à la suggestion de Yoav, il ne lui donna pas sa réponse un ou deux jours plus tard, ni un mois après du reste. Il avait de plus en plus de mal à respirer, ce qui ne l'incita pas cependant à renoncer à sa demi-cigarette.

— Au fond, l'homme est généreux, honnête et raisonnable, c'est l'environnement qui le corrompt, déclara-t-il à Osnat qui lui apportait son dîner entre deux assiettes tous les soirs.

— L'environnement c'est les autres, non?

— Pendant la guerre, j'ai réussi à échapper aux nazis, Osnat, mais je les ai côtoyés plus d'une fois. Ce n'étaient pas des monstres, mais des êtres simples, immatures, turbulents, aimant la plaisanterie, jouant du piano, nourrissant les petits chats. Ils ont subi un lavage de cerveau, l'unique raison pour laquelle ils ont accompli ces actes barbares, même si eux-mêmes ne l'étaient pas vraiment. Ils ont été égarés par des idéologies dévoyées.

Osnat ne répondit pas. Le monde était régi par la cruauté plutôt que par la compassion, laquelle était aussi une forme de cruauté, estimait-elle. Elle joua trois ou quatre airs de flûte, lui souhaita une bonne nuit, et emporta le plateau auquel Martin n'avait pratiquement pas touché. La cruauté était profondément enfouie au fond de la plupart d'entre nous, même Martin en avait une bonne dose, envers lui-même en tout cas. Quoi qu'il en soit, il était inutile de discuter avec lui car il campait sur ses positions et n'avait sans doute jamais délibérément fait de mal à personne. Martin déclinait, elle le savait. D'après le médecin avec qui elle s'était entretenue, sa santé empirait, il aurait de plus en plus de mal à respirer et il faudrait le transférer à l'hôpital. Léa Shindlin, membre du comité de santé, suggéra de retrancher quatre heures hebdomadaires à l'emploi du temps d'Osnat pour qu'elle s'occupe de Martin. Il était inutile de rétribuer ce qu'elle était prête à faire par amitié, s'insurgea cette dernière. Les quelques heures qu'elle passait le soir avec le malade, leurs brèves conversations, la reconnaissance qu'il lui témoignait, l'ample matière à réflexions qu'il lui fournissait faisaient ses délices, et elle tremblait à l'idée que leur relation pourrait bientôt s'interrompre.

Osnat punaisa sur le tableau à l'entrée du réfectoire une annonce rédigée de l'écriture anguleuse de Martin :

> *Avis aux amateurs : Le mercredi entre dix-huit et dix-neuf heures, un cours d'espéranto débutant dispensé par Martin V. aura lieu au club.*
>
> *L'espéranto est une langue nouvelle, très facile, ayant pour vocation d'unifier l'humanité et devenir une seconde langue internationale pour tous. Sa grammaire simple et logique ne comporte aucune exception et on est en mesure de la parler et l'écrire dès les premières séances. Les intéressés peuvent noter leur nom au bas de la page.*

Trois personnes s'inscrivirent : la première fut Osnat, suivie par Tsvi Provizor et Moshe Yashar, un élève de première. Le mercredi suivant, Martin remorqua sa bonbonne d'oxygène jusqu'au club pour donner sa première leçon d'espéranto. Osnat l'accompagna. Quand elle voulut lui prêter son bras pour le soutenir, il s'écarta, insistant pour se débrouiller seul. Il traînait les pieds, faisait halte dans les montées, à bout de souffle, mais à force de volonté, il parvint à destination dix minutes avant l'heure. En attendant, il fuma la moitié d'une cigarette, prit une bouffée d'oxygène dans son masque, puis parcourut les journaux du soir où il ne trouva que férocité et laideur, outre une bonne dose de lavage de cerveau. Osnat lui offrit une tasse de thé du samovar qui trônait dans un angle de la pièce. Martin posa sa grosse paume calleuse sur la main gauche de la jeune femme. Elle avait les mains fines, des doigts fuselés où l'on distinguait la marque pâle de l'alliance qu'elle avait ôtée quand Boaz l'avait quittée. Elle se libéra de son étreinte et enlaça ses doigts aux siens. Ils restèrent ainsi en silence pendant un moment, la main d'Osnat enveloppant celle de son compagnon aux ongles cyanosés par le manque d'oxygène. La porte s'ouvrit sur Tsvi Provizor. Il marmonna un bonsoir, s'assit dans un coin près de la radio, le dos rond, son visage buriné par le soleil incliné vers ses genoux, et attendit sans rien dire. Martin le complimenta sur les jardins du kibboutz.

— J'aime particulièrement la vigne grimpante et la fontaine que tu as aménagée sur l'esplanade de la salle à manger, renchérit Osnat. Tu as fait du kibboutz Yikhat un lieu de promenade fort agréable.

Tsvi les remercia. Une bande de jeunes coupait par les pelouses juste après l'arrosage, ce qui les abîmait, se lamenta-t-il. Moshe Yashar arriva sur ces entrefaites et demanda poliment si le cours était réservé aux membres du kibboutz ou si les lycéens pouvaient également y participer.

— Nous n'avons ni frontières, ni limites, expliqua Martin Vandenberg. Par principe, nous sommes contre les séparations.

Il toussa et commença par un bref préambule :

— Il n'y aura plus de guerre lorsque l'humanité entière parlera la même langue, car un idiome commun évitera tout malentendu entre les individus et les peuples.

Tsvi Provizor intervint pour dire que les Juifs allemands parlaient la même langue que les nazis, ce qui n'avait pas empêché les persécutions et les massacres. Moshe Yashar leva timidement la main. Caïn et Abel parlaient probablement la même langue, avança-t-il quand on lui eut donné la parole. Martin lui demanda pourquoi, dans ce cas, il s'intéressait à l'espéranto. Le garçon s'accorda le temps de la réflexion et finit par avouer qu'apprendre l'espéranto l'aiderait peut-être à étudier d'autres langues plus tard.

Martin fuma sa moitié de cigarette, toussa à s'arracher les poumons et expliqua que l'espéranto comptait environ huit mille racines, pas davantage, empruntées au grec et aux langues romanes, dont dérivait le lexique des mots courants. Il existait en outre seize règles grammaticales sans aucune irrégularité ni exception. À la fin du cours, qui se prolongea vingt-cinq minutes, Martin leur apprit à réciter le premier verset de la Genèse en espéranto : *« En la komenco Dio kreis la ĉielon kaj la teron. »* Au commencement, Dieu créa le ciel et la terre.

Tsvi Provizor, qui à ses moments perdus traduisait en hébreu des romans de l'écrivain polonais Iwaszkiewicz, réfléchit un moment avant de déclarer que l'espéranto semblait effectivement simple et logique et ressemblait un peu à l'espagnol. Moshe Yashar prit des notes exhaustives dans son cahier. Martin décréta que les termes vagues empoisonnaient les relations entre les peuples et que les mots clairs et précis pouvaient les réparer, à condition qu'ils soient justes et exprimés dans une langue compréhensible par tous. Moshe Yashar ne disait rien, persuadé que les malheurs du monde préexistaient aux mots. Et lorsque Martin employa l'expression « sans compromis », Moshe comprit que la décision de Martin de fumer une demi-cigarette plutôt qu'une entière était probablement un moyen terme.

Après le cours, Osnat raccompagna Martin et sa poussette contenant la bonbonne à oxygène. Il était épuisé, le corps endolori et la respiration si laborieuse qu'il renonça à la demi-cigarette qu'il avait prévu de fumer ce soir-là. Osnat eut le plus grand mal à lui faire avaler un peu de yaourt. Après quoi, elle l'aida à retirer ses souliers et l'installa dans son lit, calé par des coussins en attendant un hypothétique sommeil. Elle joua deux morceaux à la flûte, lui souhaita une bonne nuit et emporta le plateau qu'elle déposa sur les marches du perron avant d'entreprendre sa promenade nocturne dans l'allée plantée de cyprès. Cette nuit-là, elle l'entendit tousser à travers la légère cloison séparant leurs lits. Elle enfilait son peignoir quand brusquement les quintes cessèrent jusqu'au matin.

Le deuxième cours d'espéranto fut reporté car la veille, l'état de santé de Martin Vandenberg s'était considérablement dégradé. On le transporta en ambulance à l'hôpital où il fut placé sous une tente à oxygène dans l'unité des soins intensifs. Léa Shindlin lui rendait visite le matin en sa qualité de déléguée du comité de santé, relayée l'après-midi par Osnat. Martin gardait les paupières closes les trois quarts du temps. De temps à autre, il marmonnait entre ses dents des paroles indistinctes ou souriait. Il avait les orbites creuses, la crinière échevelée. Il hochait la tête quand on s'adressait à lui et parvint à adresser quelques mots de remerciement aux camarades qui s'occupaient de lui. En fin d'après-midi, il se plaignit d'être incapable de concentration. Un jour que deux infirmières énergiques étaient venues lui changer son pyjama, il lâcha avec un rictus que la mort était en fait une anarchiste.

— La mort n'est pas sensible aux statuts, aux richesses, au pouvoir ni aux titres ronflants ; nous sommes tous égaux à ses yeux.

Son débit était saccadé, ses propos confus, mais Osnat, assise à son chevet, n'avait aucun mal à comprendre. Elle devait trouver le moyen de lui signifier à quel point elle tenait à lui. Ne trouvant pas les mots, elle se borna à emmêler ses doigts glacés aux siens.

Cinq jours plus tard, ses poumons cessèrent de fonctionner et Martin mourut, asphyxié. Assise à son chevet, Osnat lui effleura le front et lui ferma les yeux avant de sortir dans le couloir avertir Yoav Carni le secrétaire par téléphone. Il dépêcha une camionnette et un chauffeur pour ramener Osnat et le corps de Martin. On le recouvrit d'un drap noir et on l'exposa toute la nuit dans la salle commune du kibboutz jusqu'à l'enterrement prévu le lendemain matin à dix heures.

Yoav placarda sur le tableau du réfectoire un avis mortuaire tapé avec un doigt à la machine à écrire :

Notre ami Martin Vandenberg nous a quittés ce soir.
L'inhumation aura lieu demain matin à dix heures.
Merci d'informer Yoav très vite si quelqu'un
connaît un membre de la famille.

En l'absence de parents, seuls les membres du kibboutz Yikhat assistèrent à la cérémonie par une douce matinée, sous un ciel azur. Une agréable et rafraîchissante brise d'ouest tempérait la chaleur. La cime des cyprès bordant le cimetière oscillait sous le vent. Une nuée de papillons voletait dans les airs, apportant l'odeur des champs, des vergers et d'un foyer lointain. Cinquante à soixante membres étaient présents dans leurs vêtements de tous les jours car les obsèques avaient lieu pendant le temps de travail. Ils patientaient, debout autour de la tombe ouverte. Il n'y eut pas de cérémonie religieuse car, selon ses dernières volontés adressées au comité social, Martin ne désirait ni chants ni prières.

David Dagan l'instituteur prononça quelques mots au nom de nous tous. Il décrivit Martin Vandenberg comme un idéaliste ayant vécu toute son existence selon ses principes. « Jusqu'à son dernier souffle ou presque, Martin travailla à la cordonnerie comme s'il assumait la responsabilité symbolique de chacun de nos pas », ajouta-t-il.

Yoav Carni le secrétaire fit à son tour l'éloge funèbre de Martin. C'était un solitaire, souligna-t-il, un survivant de la Shoah forcé de se cacher en Hollande pour échapper à l'extermination. « Il a vu de ses yeux la déchéance dans laquelle les êtres humains pouvaient sombrer, pourtant en nous rejoignant, il n'avait pas perdu la foi en l'humanité ni en un avenir illuminé par la flamme de la justice. Son intégrité, sa fidélité à ses idéaux ne laissaient pas de nous surprendre. C'était un intellectuel, convaincu en même temps de l'importance de l'effort physique, un homme de principe prônant le travail sans compromis. » Puis Yoav chanta les louanges d'Osnat qui avait soigné Martin avec dévouement pendant sa maladie, et conclut en exprimant l'espoir que Martin Vandenberg serait une source d'inspiration pour nous tous.

Après les oraisons funèbres, à la demande de Yoav, Osnat exécuta à la flûte l'une des mélodies préférées de Martin. Certains fredonnaient doucement, quand d'autres remuaient les lèvres en silence.

Tsvi Provizor, Nahum Asherov, Roni Shindlin et plusieurs de nos camarades jetèrent sur la bière quelques pelletées de terre qui retombèrent sur le couvercle dans un nuage de poussière, avec un bruit mat. Roni Shindlin trébucha sur le tumulus et aurait basculé si David Dagan ne l'avait rattrapé par le bras. Osnat médita sur le terme « sans compromis » dont Yoav avait qualifié le défunt et décida qu'il ne lui plaisait pas. Elle ressentait une vive sympathie pour tous les assistants, et même si elle ignorait l'origine de ce sentiment, elle était persuadée qu'il l'animerait longtemps encore.

Le cercueil était à présent complètement recouvert de terre ; un petit nuage de poussière planait sur la nouvelle sépulture.

— Voilà, fit Roni Shindlin. Quel malheur qu'il soit parti. Il n'en reste plus beaucoup comme lui.

Il ramassa les cinq pelles, les chargea dans une petite brouette et tourna les talons. Les autres lui emboîtèrent le pas par petits groupes qui se dispersèrent à mesure que chacun rejoignait son lieu de travail. Le prochain cours commençait dans un quart d'heure, rappela en partant David Dagan à Moshe. Le garçon attendit deux ou trois minutes avant de s'éloigner. Osnat s'attarda un moment devant le talus en écoutant les oiseaux chanter et un tracteur vrombir au loin. Elle se sentait en paix, à croire qu'elle venait d'assister à une conversation enrichissante et non à un enterrement. Elle éprouva l'envie soudaine de murmurer un ou deux mots en espéranto, mais elle n'avait eu le temps d'en apprendre aucun et puis elle ne savait trop quoi dire.

Achevé d'imprimer
sur Roto-Page
par l'Imprimerie Floch
à Mayenne, le 11 janvier 2013.
Dépôt légal : janvier 2013.
Numéro d'imprimeur : 83629.

ISBN 978-2-07-013932-3/Imprimé en France.

247242